세상 그 어디에도 없는

# 룸 2.58

세상 그 어디에도 없는

# 룸 2.58

**초판 1쇄 인쇄** | 2023년 2월 1일
**초판 1쇄 발행** | 2023년 2월 8일

**지은이** | 김도영
**펴낸이** | 박영욱
**펴낸곳** | 깊은나무

**경영지원** | 서정희
**편　집** | 고은경 · 조진주
**마케팅** | 최석진
**디자인** | 민영선 · 임진형
**SNS마케팅** | 박현빈 · 박가빈

**주　소** | 서울시 마포구 월드컵로 14길 62
**이메일** | bookocean@naver.com
**네이버포스트** | post.naver.com/bookocean
**페이스북** | facebook.com/bookocean.book
**인스타그램** | instagram.com/bookocean777
**전　화** | 편집문의: 02-325-9172　영업문의: 02-322-6709
**팩　스** | 02-3143-3964

**출판신고번호** | 제 2013-000006호

**ISBN** 979-11-91979-28-2 (03810)

깊은나무

**일러두기**

개인정보보호와 보안 유출 방지를 위해 사연 일부가 각색되었음을 알려드립니다.

# 차례

얼마 전, 가슴 아픈 소식을 들었습니다.

한 선배님께서 스스로 목숨을 끊은 안타까운 일이 발생했고, 저는 그 갑작스러운 비보에 한동안 '부고 알림'이라는 문구에서 시선을 돌리지 못했습니다. 보통 자살이라는 단어 앞에는 '극단적; 일이 끝까지 미쳐 더 나아갈 데가 없는'이라는 관형사가 따라붙습니다. 수십 년의 세월을 교도관으로 근무하시면서 숱한 난관도 다 지나오셨을 텐데, 무엇이 그의 삶을 더 나아갈 데 없는 끝으로 몰아붙였을까요. 눈물조차 밖으로 빠져나오지 못하고 마음 깊숙이 응어리져 갑니다.

사실 저도 몇 해 전 가까운 사람을 잃었습니다. 사람의 품성이나 행동을 변화시켜 다시 사회로 내보내는 일을 하는 교도관이라는 직업. '과중한 업무에 요새 도통 힘이 나질 않는다'라는 수화기 너머 들리는 그의 목소리가 마지막이었을 줄은 그땐 정말 상상도 하지 못했습니다. 그저 한 번 더 듣고, 보고, 말하지 못했던 저 자신을 책망하며 직업으로서의 교도관에 대한 글을 쓸 때마다 그 친구에 대한 그리움이 묻힙니다. 살아있었다면 지금, 이 복도를 나란히 걷고 있었을지도 모르겠습니다.

사람의 목소리를 듣는 공부를 시작했습니다. 경청은 단순히 상대방의 말을 듣기만 하는 것이 아니라 감정과 행동, 그 내면에 깔려있는 정서에 귀를 기울여 듣는 것을 말합니다. 교도관의 일상은 어찌 보면 듣는 일로 시작해서 듣는 일로 끝나는 일일지도 모른다는 생각을 해봅니다. 수십, 수백, 수천 명이 모여있는 교도소의 시간 아래에서, 때론 혈혈단신으로 그들이 쏟아내는 말들을 온몸으로 받아내야 하는 일과가 지나면 '하얗게 타버렸다'라는 말이 자연스레 떠오릅니다.

때때로 저는 교도소의 복도를 걷는 발걸음조차 조심스럽습니다. 교도관을 향해 침을 뱉거나 물건을 던지는 일은 한 해 200건이 넘고 고소와 협박, 폭언과 폭행에 시달려 결국 목숨을 끊거나 중상해를 입고 병원에 입원하는 일도 일어납니다. 경기대학교 이수정 교수의 연구 조사에 따르면 교도관 240명을 대상으로 외상 후 스트레스 지수를 측정한 결과, 세브란스 병원에 입원한 정신과 환자보다 교도관 대상자들이 더 높은 외상 후 스트레스 수치가 나왔다는 결과를 접해볼 수 있습니다.

하지만 세상은 교도관에 대해 너무도 모르기에, 어쩌면 이 글은 자신을 태워 가며 세상 가장 어두운 곳을 비추는 교도관이라는 직업도 한 번 돌아봐 줄 것을 바라며, 독자들에게 올리는 청원의 글일지도 모르겠습니다. 답답하고 안타까운 마음이 전달되는 과정에서 다소 불편하고 부정적인 표현이 있을지라도 넓은 마음으로 읽어주시길 부탁드립니다.

저는 글을 쓰는 일을 좋아합니다. 하지만 저는 전문적인 문학 지식을 가지고 글을 쓰는 전업 작가는 아닙니다. 단어가 주는 느낌, 동사와 부사, 형용사의 나열만으로 교도관의 이야기를 다 담아낼 수 없겠지만, 한 글자 한 글자 그림을 그려 나가듯 교도관의 이야기를 담아내는 작업에 손을 놓지 않으려 합니다. 글을 집필하다가 수년 전 교도관에 처음 임용되고 썼던 일기를 발견했습니다. 처음 이 공간에 발을 들였을 때 느꼈던 감정이 그때의 일기를 통해 다시 떠오릅니다.

*어느 날, 살인자가 내게 말을 걸어왔다.*

*몇 개의 철문을 지나고 길게 뻗어있는 복도에 도착했을 때, 꽤 낯익은 남자가 성큼성큼 나를 향해 걸어왔다. 그의 얼굴 윤곽이 뚜렷하게 보일 만큼 우리는 가까이 마주했고 그는 무엇 하나 놓치지 않으려는 듯 내 얼굴에서 시선을 떼지 않았다. 잘 다듬어진 수염, 바짝 깎아놓은 손톱, 허리를 꼿꼿이 세우고 걷는 그의 모습에서 대략 그의 성향을 가늠해본다. 연쇄적인 살인의 죄를 저지른 그의 얼굴. 이*

*미 여러 언론을 통해 공개되었던 그의 모습을 보고 있으려니 내 사지에 힘이 들어갔다. 길게 뻗어있는 복도를 한 걸음, 한 걸음, 그의 보폭에 맞춰 걷는다. 내 허리춤에 매달려있는 여러 개의 열쇠들이 서로 부딪쳐 찰랑거리는 소리를 냈다. 우리가 통과하는 몇 개의 문은 경첩에 녹이 슬었는지 쇠 끌리는 소리가 났고 복도 상단부에 위치한 창문에는 회색 쇠붙이 창살이 그 촘촘한 이빨을 드러냈다. 하루에도 수백 명, 많게는 천여 명의 옷깃을 스쳐 지나가며 걷는 이 복도는 내가 하루 중 가장 많은 시간을 보내는 공간이다.*

*– 어느 교도관의 일기 –*

이처럼 저에게 말을 걸어오는 대다수의 사람은 살인, 강간, 강도 등의 죄를 저지르고 들어온 사람들입니다. 반복되는 고성이 오가는 탓에 이명이 들리고 언제 어디서 물리적인 폭력이 들어올지, 항상 긴장된 마음으로 근무에 임합니다. 뒤틀린 마음의 변화를 이끌어내야 하는 직업적 소명과 개인적 가치관, 그리고 피해와 가해의 사이에서 매번 길을 잃고 방황하던 제가 버틸 수 있었던 건, 서로 마주 보며 격려의 응원을 베풀어주신 선배님들과 동료 교도관님들의 지지 때문입니다. 이 지면을 통해서라도 감사하다는 말을 꼭 올리고 싶습니다.

*과연 사람은 변할 수 있을까요?*

지금부터 교도소의 시간 아래 제가 경험하고 느꼈던 감정들을 허심탄회하게 써 내려가려 합니다. 한 글자, 한 글자, 이어가는 이야기의 선을 따라가다 보면, 부디 여러분의 마음에도 교도소의 일 년 열두 달, 사계절 풍경이 그려졌으면 좋겠다는 마음을 담아 교도관으로서 살아가는 제 이야기를 시작하겠습니다.

저는 가장 먼저 여러분을 교도소의 복도로 안내하려 합니다. 자, 그럼 제가 먼저 다음 장으로 책갈피를 넘겨 여러분을 기다리고 있겠습니다. 부디 편안한 여정이 되시기를 바랍니다.

## -제1장-

# 교도소의 봄

# 교도소의 복도로 안내합니다

사계절 내내 차가운 문이 있다.

교도소 긴 복도에 일정한 간격을 두고 위치한 이 문은 겨울은 물론이고, 숨쉬기도 버거운 한여름에 손등을 대 보아도 묘한 한기가 스며들 듯 전해온다. 이 방의 크기는 2.58제곱미터. 1평 남짓한 문 곳곳에는 부식된 페인트와 벗겨진 철 조각들이 뒤엉켜 흩날리듯 바닥에 떨어져 있다. 오래된 세월 굳게 다문 입술처럼, 방은 어떤 비밀을 그리 감추고 싶어 하는 건지 한 번 닫히면 쉽사리 열릴 생각을 하지 않는다. 이 방의 주거인도 방바닥에 바짝 엎드려 툭, 하고 세상의 끝에 떨어져버린 듯 누워있다. 사람 한 명

간신히 누울 자리와 화장실이 전부인 이 방 한쪽 벽면엔 낡은 선풍기 한 대가 달달거리는 소리를 내며 사력을 다해 날을 돌린다.

33실.

여기, 이 방엔 사람이 살고 있다. 먹고 자고 생리현상을 해결하는 말 그대로 사람이 주거하는 공간이다. 사실 '주거'라는 개념은 사람이 생활을 영위하는 공간이자 식기와 침구류 등이 나열돼있는, 말 그대로 사생활을 보장받는 공간이다. 그런데 만약 누군가 자신이 점유하고 있는 공간에 예고도 없이 불쑥 들어온다면?

- 꼼꼼히 뒤져. 뭐 나오는지 잘 보고.

누군가 주거하는 생활공간에는 그 사람의 삶에 대한 흔적이 고스란히 남아있다. 반쯤 벌어져 있는 칫솔, 만 원짜리 로션, 철 지난 탈모 방지용 샴푸, 먹다 남은 고추장 통과 그 옆엔 초코파이 박스로 만든 수납 통이 놓여있다. 화장실 창문엔 날짜 지난 일간 신문지로 만들어놓은 신문지 커튼이 외부에서 들어오는 햇빛을 가리는 용도로 사용되고 있다. 마치 이 방의 분위기를 보충 설명해주려는 듯 신문지 커튼의 한 면엔 이런 타이틀이 적혀있다.

'소년범죄, 이대로도 괜찮은가.'

쉽게 결론 내지 못할 주제의 문구가 무심하게 적혀있는 신문지를 뜯어내니 아니나 다를까, 창문 너머 세로줄 쇠창살이 드러났다. 쇠붙이 창살 아래 사는 형편에 넉넉지 않은 세간살이지만 난 그마저도 용납할 수 없다는 듯한 손놀림으로 창문에 붙인 신문지와 초코파이 박스로 만든 수납 통을 사정없이 뜯어냈다. 그리고 창문 밑에 켜켜이 쌓아놓은 대여섯 권의 도서 목록에서 맨 위에 놓인 책 한 권을 집어 들었다.

《젊은 베르테르의 슬픔》

나는 책의 페이지를 먼지 털어내듯 넘겼다. 그 순간 꽂혀있던 책갈피가 툭, 하고 떨어졌다. 책갈피가 있던 그 자리에, 난 그가 주황색 형광펜으로 칠한 문구를 나지막이 따라 읽었다.

'오오, 천사여! 그대를 위하여 나는 살아야겠다!'

천사라. 사랑하는 사람을 생각하며 이 문장에 형광펜을 칠한 걸까. 이 남자는 무슨 사연으로 이곳에 들어왔을까. 보급받은 러닝셔츠는 며칠이나 갈아입지 않았는지 군데군데 구멍이 송송 나 있다. 구겨진 그의 러닝셔츠처럼 나의 모습을 보는 그의 표정도 일그러져 있다.

- 빨리 보고 나가세요!

오십 대 중반으로 보이는 이 남성. 조직폭력이나 마약사범은 아니다. 그저 집 앞에 잠시 담배 한 대 피우러 나갔다가 마주친 평범한 이웃집 중년 남성처럼 그의 모습은 어느 하나 특별한 게 없다.

- 조용히 하고 벽 쳐다보고 서 있으세요.

이 사람은 나를 내놓은 방을 보러 온 부동산 중개인쯤으로 생각하는가 보다. 이번엔 세면대 쪽을 향해 발길을 옮겼다. 싱크대 물컵엔 고혈압 이뇨제 뭉치와 파란색 알약 박스가 하나 있었다. 알약 박스엔 전립선 비대증에 좋다는 쏘팔메토의 효능이 적혀있다. 마냥 남 일 같지 않은 그의 알약 통을 뒤적이며 나는 잠시 볼록 나온 내 배와 얇은 팔다리를 번갈아 보며 한숨을 내쉬었다. 그러다 내 시선은 박스 밑에 보물처럼 숨겨놓은 한 사진첩에 집중됐다. 간혹 사진첩 사이에 지급받은 약들을 모아놓고 한꺼

번에 과다 복용하는 사례가 있기에 더욱 꼼꼼히 봐야 했다. 이십여 장의 사진들은 모두 한 사람. 중학생으로 보이는 한 여학생이 환히 웃고 있는 사진들이었다. 공원에서, 놀이터에서, 미소 짓고 있는 그 여학생의 사진들을 보고 있다 보니 마음이 잠시 뒤숭숭했다.

'딸인가? 아직 부모의 보살핌이 필요한 나이일 텐데……'

살아가면서 부모의 이혼이나 파산, 갈등 등은 사춘기를 겪는 아이에겐 큰 혼돈일 것이다. 그런데 부모의 구속이라니. 이 여학생의 삶에 아버지의 부재는 마음 한편 모서리에 깊은 원망의 감정을 일으킬 것이라는 생각이 들었다. 그래서 그런 것일까. 그의 방 이불 사이에 꽂아놓은 흰 봉투들은 모두 수신인에게 도달하지 않은 반송된 편지들이었다. 딸의 사진과 반송된 편지, 벽을 쳐다보고 있는 그의 뒷모습을 보니 괜한 연민이 들었다. 그와 좀 더 인간적인 말투로 대화를 하는 게 나았을까?

- 검사 다 끝났어요. 신문지로 창문 가리지 마시고 정리정돈 깔끔하게 하세요. 그리고…….

자녀를 키우는 부모의 입장이라 그런 건지, 평소에 잘

하지 않는 말이 나도 모르게 입에서 툭, 나왔다.

- 나중에 출소하게 되면 가족들 생각해서라도 다시는 이 곳에 들어오지 마세요.

나름 딸아이를 그리워하는 그 남자를 위한답시고 한 얘기였지만 다소 명령하듯 얘기한 건 아닌지 어색함이 밀려왔다. 그는 내 얘기엔 대꾸하지 않고 쪼그려 앉아 그저 말없이 어지럽혀진 자기 방을 정리했다.

머쓱한 걸음걸이로 담당실에 들어와 검사표를 작성했다. 난 타인의 생활양식이 담긴 공간에 불쑥 들어가 마구 휘젓고 돌아 나왔다. 불시에 시작되는 방 검사는 한두 번 해본 일이 아니었지만, 다른 사람이 살고 있는 공간에 들어간다는 건 그리 유쾌한 경험은 아니었다. 텁텁한 입속을 다시며 그의 수용 번호를 전산에 입력하자 모니터에 인적 사항이 나타났다.

- 죄명 : 아동·청소년의 성보호에 관한 법률(아동·청소년에 대한 강간·강제추행 등)
- 결혼 여부 : 미혼

- 자녀 유무 : 무

그는 결혼한 적도 없었고, 자녀도 없었다. 그렇다면 사진의 그 여학생은 누구였을까? 예전에 어느 뉴스 기사에서 이런 내용을 본 적이 있다. 누군가 SNS에 공개된 불특정 다수의 일반 여성 사진들을 캡처해 구속된 사람들에게 돈을 받고 판매한다는 것이다. 내 권한으로 그 사진을 검열해 반송시킬 수도 없을뿐더러 사진 속 인물이 가족인지 일면식도 없는 일반인 SNS 사진인지 알 방법도 없다. 심지어 그 얼굴 사진의 뒷배경에는 주거지를 특정할 수 있는 장소가 나와 있었다. 이곳의 어두운 기운 때문인지 상상하기도 싫은 장면이 멈춤 버튼 없이 머릿속에 상영하듯 재생됐다. 설마 아니겠지.

그에게 있어서 나는 초대받지 않은 손님이었고, 나에게도 그는 초대하지 않은 불청객이었다. 우린 교도소라는 공간을 공유했다. 차가운 철문 하나를 사이에 두고.

얼마 후, 그가 떠나고 다음 주거인이 그 방에 들어왔

다. 나는 떠난 사람의 죄명이 적힌 명단을 뺀 자리에 새로 들어온 사람의 명단을 끼워 넣었다. 안타깝게도 이번 주거인의 죄명은 살인 유기였다.

이 안의 이야기들은 이처럼 작은 1평짜리 방이 담기에는 너무 크고 짙다. 도심에서 떨어진 조용하고 인적 드문 산 중턱을 깎아 세운 교도소지만, 그 안의 분노와 회한의 사연들은 터질 듯 부풀어 올라 있다.

7성급 호텔보다, 풀장 딸린 고급 리조트보다 훨씬 더 북적북적하며, 365일 비수기가 없는 이 작은 방들은,

오늘도 만실滿室이다.

# 나의 하루

누군가 형형색색 아름다운 봄꽃에 샘이 났는지 제법 매서운 꽃샘추위가 찾아왔다. 안팎의 온도 차이에 물감 퍼지듯 창문에 낀 성에가 시야를 가린다. 얼른 비상 깜빡이를 켜고 히터의 전원 버튼을 눌렀다. 이내 퀴퀴한 냄새가 차 안을 가득 채우며 창문에 얼룩진 성에가 사라졌다.

'200미터 앞 우회전하세요.'

내비게이션의 AI 음성이 안내하는 대로 한 시간 가량을 운전하면 교도소 정문 앞 노란색 바리케이드가 작게 눈에 들어온다. 출근길 라디오엔 봄을 찾는 노래가 연신 흘러나오고 교도소로 가는 초입 길엔 매화가 하얗게 피어

올랐다. 이대로 그냥 차를 몰고 바닷가로 향하고 싶다는 생각에 정신이 아득해진다. 교도소 입구를 지나 주차를 하고 시동을 껐지만, 쉽게 차에서 내리지 못했다. '건강하게만'이라는 안부로 시작하는 아내의 문자에 발걸음이 무거워진다. 이번 달에도 초과근무 100시간을 넘겼다. 종종 퇴근 후 미안한 마음으로 산 장난감으로 아이의 마음을 달래곤 한다. 언젠가 우리 아이도 잦은 아빠의 부재를 이해할 때가 올까? 반쯤 열린 창문 사이로 들어오는 봄바람에 코끝이 시큰하다.

*오전 7시 30분*

교도소 입구 계단을 올라가며 동료들과 인사를 나눈다. 이 사람들의 얼굴에서 나와 비슷한 표정을 읽을 수 있다. 아이는 잘 크고 있는지, 지난 건강 검진에 이상은 없었는지, 이런저런 안부를 건네며 출근 지문을 찍는다. 휴대전화를 보관함에 넣기 전 아내에게 오늘 처리해야 할 대출금과 아이 병원 문제에 대한 메시지를 남겼다. 급한 마음에 한 줄, 한 줄 점점 내용이 길어진다. 전셋집을 마련하고 아이가 커갈수록 여기저기 연락할 일이 늘어났지만 내 휴대전화엔 '연락이 되지 않아 메시지를 남깁니다'라는 문자와 부재중인 알림이 가득하다. 아내와 할 말이 더 남았지만 휴대전화를 보관함에 넣고 자물쇠를 잠갔다. 이제 나는 시곗바늘이 두 바퀴 하고도 조금 더 지난 다음 날 아침 9시가 돼야 퇴근 지문을 찍을 수 있다.

*오후 1시*

복도 한편에서 울리는 고함 지르는 소리에 식곤증이 달아났다. 소리의 근원지를 찾아 발걸음이 빨라진다.

- 무슨 짓이에요. 빨리 떨어지세요!

방 안에서 두 남자가 서로의 멱살을 잡고 실랑이를 벌이고 있다. 무엇이 그들에게 갈등을 붙였는지 허겁지겁 자초지종을 묻는 내게도 금세 불이 붙어 올랐다.

- 당신은 뭐야? 교도관이면 다야?

노란 명찰을 달고 있는 수용자가 내 눈앞에 있는 철창을 손바닥으로 후려친다. 순간 놀라 눈을 질끈 감았다. 사실 얼마 전 난 정신질환을 앓고 있는 수용자에게 폭행을 당했다. 심하게 다친 것은 아니지만 내 심신은 그전보다 꽤 위축됐다. 무엇보다 소식을 듣고 놀란 가족들의 표정이 선명하다. 울먹이며 괜찮냐고 물어보는 아내의 떨리는 목소리에 '그냥 넘어졌다고 할 걸 그랬나'라는 생각도 잠시 머물다 지나갔다.

*오후 9시*

다사다난했던 일과 종료 후 간단하게 저녁밥을 먹고 다시 근무지로 돌아와 자리를 지킨다. 어둑해진 창살 밖 하늘을 보며 가족들이 잠자리에 들었는지 궁금하다. 파밧, 하고 깜박이는 조명등 아래, 복도를 걸으며 십여 명의 사람들이 뒤섞여 자는 방 안을 들여다본다. 낮에 서로 으르렁대던 남자들도 포개지듯 누워있다. 누군가는 화장실 변기 앞에 머리를 대고 자고 있고, 또 누군가는 벽 쪽에 얼굴을 대고 있다.

조만간 교도소가 풍선 터지듯 터져버리는 건 아닌지 상상한 적이 있다. 몇몇 방은 다리를 뻗을 공간조차 마땅치 않다 보니, 잠결에 뒤척이다 진득한 살이라도 맞닿을 때면 곧바로 폭행 사고로 이어지는 상황도 벌어지곤 한다. 교도소의 공간적 열악함은 서로가 서로를 혐오하게 만들었고 사소한 마찰에도 날 선 말들이 난무한다.

터질 듯 부푼 과밀 수용과 만성적인 인력 부족으로 인한 공백. 이러한 제도적이고 근본적인 문제 해결에 대한 결과물을 도출해내지 못한 것은 교도관 개인의 무능일까? 하지만 결국 그로 인해 벌어지는 폭행, 자살 사고에 대한 책임은 '관리·감독 부재', '근무 기강 해이' 등의 명목을 붙여 한 개인인 교도관에게 그 공이 돌아온다. 이러한 문제는 오늘내일 일이 아니다. 오늘도 누울 공간이 없다며, 취침 자리 문제로 언성을 높이던 사람들을 달래고 진정시키고 나서야 나도 약 3시간 정도의 잠을 잘 수 있는 시간이 생겼다.

*새벽 4시*

출소 준비를 하라는 연락을 받았다. 오늘, 이 공간에서 다시 사회로 돌아가는 사람들이 있다. 출소자의 인적 사항을 다시 한번 확인하고 그가 이곳에서 쓰던 침구류를 회수했다. 처음 구속됐을 때 보관했던 짐을 그에게 건넸다. 그는 허겁지겁 A4용지만 한 크기의 손가방 지퍼를 열더니 없어진 게 있는지 이리저리 뒤지기 시작했다. 짐을 확인한 그가 고개를 들어 나를 쓱 쳐다본다.

- 나 이제 가도 되지? xx 같아서 진짜, xx들.

그가 다짜고짜 욕을 하기 시작한다. '출소 꼬장'이라는 말이 있을 정도로 출소 직전 교도관을 향해 욕을 하고 난동을 부리는 것이 뜸한 일은 아니다.

- 욕하지 말고 정숙하게 출소 절차 밟으세요. 협박으로 불이익 받을 수 있습니다.

- 무슨 욕? 난 그냥 혼잣말한 건데, 뭐 고소라도 하게? 해봐. 까짓거 한두 달 더 살다 나오면 되지.

지금 내 앞에서 벌어지고 있는 이 장면이 정녕 현실인가. 정신이 몽롱하다. 수면 리듬은 깨졌고 하루 종일 긴장한 탓에 유체 이탈이라도 한 기분이다.

- 생각해보니 기분 나쁘네. 공무원은 국민에게 충성해야 하는 거 아니야? 나 이제 민간인이야!

그는 점점 더 언성을 높였다. 내 이름을 묻고 퇴근은

몇 시에 하냐며, 소리를 질러대는 그의 언행에 순간 이성보다 본능이 앞섰다. 어느새 언성을 높이지 말라는 말을 하는 내 목소리도 격앙됐고, 결국 지원 인력이 도착하고 나서야 상황은 일단락됐다.

이해가 안 된다. 출소하는 마당에 굳이 이런 사달을 벌여야 할까. 하지만 정작 이해할 수 없는 것은 따로 있었다. 세상에 어떤 사람이 부엌에서나 쓸 식칼을 손가방에 넣고 다닌단 말인가.

*다음 날 오전 9시*

출소자와의 실랑이 이후 5시간이 지났다. 그 남자의 출소 이후 수용자들의 일과준비 업무를 마친 후에야 교도소의 문을 나설 수 있었다. 보관함 자물쇠를 열고 휴대전화를 꺼내 들었다. 액정에 떠있는 시간은 오전 9시 10분. 퇴근 지문을 찍고 어제 아침 오르던 계단을 내려간다. 나의 하루는 이렇게 25시간 40분을 채우고 끝이 났다.

퇴근하는 아침 풍경은 어제 아침 출근길에서 봤던 모습과 다른 게 없다. 성에 낀 창문을 닦아내고 봄을 찾는 노래의 라디오 채널 볼륨을 올렸다. 교도소를 빠져나오는 초입 길에 핀 하얀 매화가 풍성하다. 어제 아침에 본 모습 그대로다. 다른 게 있다면, 그 매화나무 앞 횡단보도에 손가방을 들고 한 남성이 서성이고 있다는 것. 5시간을 집에 가지 않고 교도소 근처에 머물렀던 걸까?

집에 도착해서 아내와 함께 늦은 아침밥을 먹었다. 된장찌개에 밥을 비벼 한 그릇을 뚝딱 비워냈다. 속이 따뜻해진다. 어제는 별일 없었냐고 묻는 아내의 얼굴을 보고 차마 어제의 일들을 얘기할 수 없었다. 폭행 사고 당시 토끼 눈이 되어 울먹이던 아내의 표정, 다시 그 표정을 마주할 용기가 나질 않았다.

지나고 나면 모두 작은 일이 될 것이란 말이 생각난다. 괜찮다, 괜찮다. 스스로를 다독인다. 출근길에 핀 풍성한 봄꽃들, 향기로운 노래, 다시 오지 않을 나날들. 내 인생은 교도소의 일들로만 가득 차 있지 않다. 퇴근 후 아이와 산책을 나서 화단에 심겨 있는 꽃들의 꽃말을 찾아보는 일, 아내와 도란도란 치킨에 맥주 한 잔 기울이는 일, 그런 일들이 나에겐 소중하다. 흩날리는 벚꽃 아래에서 오늘 같은 나의 하루 또한, 다신 돌아오지 않을 그저 평범한 그런 봄날이었다.

# 만물의 영장

인간은 왜 만물의 영장이라 불릴까?

도구를 만들어 사용하고 커뮤니티를 이루며 사는 생명체. 고도로 발달한 대뇌반구를 가지고 있으며 지구상에 존재하는 다른 창조물보다 특별하고 우위를 점하고 있는 존재. 철학자 르네 데카르트는 '나는 생각한다, 고로 존재한다'라는 유명한 격언을 남기며 인간을 생각하는 존재라고 정의 내렸다. 우리가 생각을 멈추는 순간 존재 이유 또한 사라진다는 뜻으로 해석된다.

차가운 시멘트 벽으로 둘러싸여 있는 교도소라는 공간에도 '만물의 영장'이 살고 있다. 사람을 찔러 죽이고, 목을 조르고, 친자식을 강간하고 부모를 살해한 사람들. 이 안에서 일하는 나는 '인간이 만물의 영장이라는 것에 동의하는가?'라는 질문에 선뜻 답을 내놓지 못한다.

손을 이용해 사물을 창조하고 두 발로 걷는 만물의 영장이라는 존재가 지금 내 눈앞에서 짐승이 네발로 걸어가듯 손과 다리를 바닥에 붙인 채 복도를 걷고 있다. 흡사 새끼를 지키는 고양이가 털을 세우고 가르랑거리는 모습이다. 짐승 같은 표정을 지으며 복도를 걷는 그의 바짓단 밑으로 소변이 뚝뚝 떨어져 내린다. 백 킬로그램은 훌쩍 넘을 것 같은 육중한 남자가 짐승처럼 네발로 기는 모습이 내 눈앞에서 벌어지고 있다. 달빛이 철창 안을 비추는 새벽 시간, 바짝 엎드려 늑대 소리를 내는 그의 모습이 기괴하기까지 하다.

나는 곧바로 복도를 기어 다니며 짐승 소리를 내는 그의 팔을 잡고 일으켜 세웠다. 그가 시뻘게진 눈으로 코를 찡그리며 그르렁대는 소리를 낸다. 내 허벅지만 한 그의 팔뚝이 언제 내 면상에 꽂힐지, 정신질환을 앓고 있는 수용자와 접촉할 때마다 오만 가지 생각이 내 몸을 움츠리게 만든다. 한 손으로 그를 부축하며 내 유일한 동아줄인 무전기에 나머지 한 손을 올려놓는다.

- 비상벨 누른 게 이 사람이야?

기동대 선배와 함께 그를 부축해 의료과에 도착했다. 숙직하고 있던 간호사가 그의 체온과 혈압을 확인한다. 몸을 부르르 떨며 눈물을 뚝뚝 흘리고 있는 그에게 물 한 컵을 건넸다. 물컵을 받아 든 그가 턱밑으로 절반 이상의 물을 쏟으며 급하게 입안으로 들이붓는다. 조금씩 제정신이 돌아오는지, 그가 짐승 소리를 거두고 사람의 언어를 내뱉기 시작했다.

- 저 공황장애랑 조현병 있어요. 저 좀 살려주세요. 제발요.

그가 갑자기 무릎을 꿇고 선배의 바짓가랑이를 붙들고 애원한다. 집에 노모와 열다섯 살 된 쌍둥이 아들이 있으며 자기 삶은 좌절과 분노로 얼룩져 있다는 둥, 일대기를 늘어놓는다. 그리고 이렇게 된 것은 '자기 잘못이 아닌 사회의 탓'이라는 하소연을 듣고 있으려니 생각이 많아진다. '죄의 원인은 개인의 문제가 아니라 사회의 문제'라는 전문가들의 말이 몇몇 사람들에게는 '책임 떠넘기기'의

아주 좋은 소재거리로 이용되고 있는 건 아닌가라는 의문이 마음 한편에서 고개를 내민다.

한동안 그의 말을 듣고 있던 간호사가 '신체 신호는 정상이고, 더 이상 해줄 수 있는 게 없다'라는 말을 하고 사무실로 들어갔다. 새벽 시간에 장시간 동안 그를 비 구금 상태로 둘 순 없다. 그는 사람을 살해한 죄로 구속되어 재판을 받고 있는 사람이다. 사실 이곳에서 내가 만난 상당수의 사람은 공황장애, 불안장애, 심지어 폐소공포증을 호소하고 있다. 폐쇄된 공간에서 형벌을 받는 그 사람들의 방을 전부 개방해서 심신이 이완되게 돕고 가벼운 운동과 함께 바람을 쐬게 해 주는 게 현실적으로 가능할지, '적절한 조치'라는 말을 꺼내는 사람에게 그 '적절한 조치'라는 것은 과연 무엇인지 한 수 배워보고 싶다.

'진정됐으면 이제 그만 들어갑시다'라며 그를 일으키려는 내 앞을 선배가 가로막았다. 선배는 이미 그의 절절한 사정에 마음이 동한 모양이다. 아들은 학교에 잘 다니고 있는지, 노모의 건강은 괜찮은지에 대한 질문을 던지며 그에게 진정을 찾게 해 주려 노력하고 있는 선배의 모습을 보며 '난 아직 참된 교도관이 되려면 한참 멀었구나' 라는 생각을 했다.

- 저 절대 여기서 죽지 않을 거예요. 죽더라도 죗값을 다 치르고 나서 죽을 겁니다. 회개해서 천국에 갈 거예요. 하늘에 계신 우리 아버지…….

그는 선배와 얘기하던 도중 갑자기 허공을 바라보며 주기도문을 읊었다.

의료과에 도착한 지 한 시간 정도가 지나자 그가 먼저 '이제는 들어가도 될 것 같다'고 말을 꺼낸다. 올 때는 손과 발을 이용해 기어 오던 그가 이번엔 한쪽 발을 크게 절뚝거린다. 우리가 이 사람에게 붙어 업무를 처리하는 동안 순찰의 공백이 생겼다. 대체 인력은 없다. 만약 우리가 의료과에 내려온 시간 동안 다른 수용자의 자살이나 폭행 사건이 발생했다면 공황장애를 호소하는 사람에게 행한 '적절한 처우'가 나 자신을 지킬 수 있는 참작 사유가 될까? 수용자 자살 사건이 발생했는데, 순찰의 부재가 생겼다면 난 징계를 받게 된다. 자칫하면 지방 전출을 명령받아 가족들과 생이별을 할 수도 있다. 내 아이는 아직 아빠의 양육이 필요하다. 빨리 이 상황을 끝맺고 싶은 마음만 앞서 나간다. 그가 생활하는 방에 거의 다 왔을 때쯤, 그가 선배를 바라보며 말했다.

- 고맙습니다. 교도관님. 그런데 저 방을 혼자 쓰고 싶은데, 독방에 보내주시면 안 될까요?

영화나 드라마에서는 독방을 끔찍한 공간으로 묘사하고 있지만, 실제 교도소에서는 독방에 가고 싶어 하는 사람들이 늘어나고 있다. 좁고 답답한 독방의 환경적 고통보다 여러 사람과 부대껴 함께 살아야 하는 '인간관계'에서 오는 어려움이 이들의 고통을 가중시킨다. 과밀 수용은 이들이 구속될 때 예상하지 못한 최대의 고통이다.

그들은 오히려 독방에 가고 싶어 문을 발로 찬다던가, 일부러 폭력을 행사하기도 했다. '그건 우리가 결정할 일이 아니다. 보고와 절차에 따라 처우해야 한다'는 말을 들은 수용자가 다시 갑자기 무릎을 꿇고 바닥에 벌러덩 눕는다. 다시 얘기를 들어주고 마음을 진정시키고 나서야 그는 방에 들어가 이불을 덮었다.

그날 아침, 그의 상태를 관찰하기 위해 생활하는 방을 들여다봤다. 그는 새벽에 무슨 일이 있었냐는 듯 같은 방 사람과 웃으며 장기를 두고 있다. 우리의 얼굴을 본 그가 장기를 두다 말고 문 쪽으로 바짝 붙어 말을 걸어온다. 밤새 신이라도 들려 절름발이를 걷게 한 기적이 그 사람에게도 일어난 건지, 우리를 향해 뛰어오는 그의 두 다리가 굳건하다.

'나를 왜 독방에 보내주지 않는가'라는 듯한 그의 표정은 어제와 180도 달라져 있다. 공격적이고 분노에 찬 표정으로 전날 마음에 공감의 표를 던진 선배를 노려본다. 방을 혼자 쓰고 싶어 이미 여러 번 소동을 벌였다는 말을 들은 선배의 동공이 휑해졌다는 걸 느낄 수 있다. 어제의 그의 말과 행동은 무엇이었을까?

나중에 안 사실이지만 그는 삼십 대 초반으로 십 대의 자녀도 슬하에 두고 있지 않았다. 이십 년 이상 교도관 생활을 하며 숱한 수용자들을 마주했던 선배도 그의 절절한 눈물에 깜빡 속아 넘어갔다. 그의 가정사를 들으며 공감했던 선배는 그의 방 앞을 쉽게 떠나지 못했다. 회의감과

허탈감에 멍하니 철문을 보는 선배에게 나는 한동안 말을 걸지 못했다.

지나고 돌이켜보니 잘 짜인 연극 한 편을 감상한 기분이다. 나 또한 카이저 소제의 반전 연기를 보는 듯한 그의 걸음걸이의 변화를 보며 씁쓸한 웃음이 지어졌다. 그가 허공을 바라보며 했던 말이 떠오른다. 회개하고 천국에 갈 거라는 말. 사람을 살해한 자도 천국에 가고 싶은 걸까? 종교적인 부분은 잘 모르겠다. 어쩌면 그가 얘기하는 '천국'이라는 곳은, 죽어서조차 삶을 계속 이어가고 싶어 하는 인간의 욕심이 만들어낸 공간은 아니었을까?

# 교도소의
# 평범한 일상을 쓰다

**수용자 여러분, 안녕하십니까. 일교차가 큰 날씨, 수용 생활에 어려움을 느끼실 와중에도 방역 및 수용 생활 규칙을 준수해 주셔서 깊이 감사드립니다.**

오늘 하루도 스피커를 통해 나오는 멘트가 복도를 메우며 오전 일과가 시작됐다. 기상과 동시에 각 방 앞에는 간밤에 데워놓은 물이 놓였다. 커피를 타 마시거나 컵라면에 부어 먹을 뜨거운 물이 방으로 들어가고 라디오 DJ가 목에 힘을 주며 올가을 차트를 석권한 아이돌 가수의 댄스곡을 소개한다. 곧이어 과자와 음료수, 커피, 영양 크림, 제철 과일, 소시지 등의 구매 물품들이 줄지어 들어왔다. 자기가 구매한 물품들이 맞게 들어왔는지 확인한 사람들이 과자를 한 그릇에 쏟아붓고 삼삼오오 티브이 앞으로 모여든다. 요즘 인기리에 방영 중인 범죄 스릴러 드라마를 보는 사람들. 그 옆에는 고뇌에 빠진 표정으로 장기를 두는 사람과 드라마에 흥미가 없는지 장기 돌을 뚫어질 듯 바라보며 훈수를 두는 사람이 방 한쪽에 자리를 채운다.

코로나바이러스가 전국을 강타하자 정부는 전 국민을 대상으로 재난 지원금을 지급하기로 했다. 수용자들에게 지급될 재난 지원금 서류를 제출하기 위해 복도를 지나가는데 어김없이 약과 관련된 민원이 들어온다. 속이 답답하고 머리가 아픈데 왜 약을 주지 않느냐는 사람과 한참 동안 실랑이를 벌이다 보니 이제 내 머리가 아파진다. 무료로 지급되는 약이지만 마치 맡겨놓은 듯 언성을 높이는 사람들과의 언쟁은 항상 내 혼을 쏙 빼놓는다.

남자의 육중한 몸이 창살에 붙어 방 내부를 보려는 내

시야를 가렸다. 방 한쪽에서는 '재난 지원금 몰아주기'라는 대화 내용이 들려온다. "설마, 재난 지원금 걸고 내기하는 거 아니죠?"라고 묻는 내 표정을 보며 "설마요. 그게 무슨 소립니까?"라며 서로를 마주 보고 웃는 사람들을 지나가고 있을 때, 새빨간 비상등이 요란하게 돌아간다. 스피커에서 울리는 댄스 노래와 비상벨, 드라마에서 연이어 들리는 총성 소리가 섞이다 보니 내 머리도 저 비상등처럼 요란하게 돌아가는 기분이다.

- 여기 싸움 났어요! 교도관님!

"약 얘기 아직 안 끝났는데 어디 가느냐"는 그의 외침을 뒤로하고 비상벨이 울린 곳을 향해 급하게 뛰어나갔다. 뺨 맞는 소리와 욕설 소리가 방에 도착하기도 전에 들려온다. "그만 하세요!"라며 둘 사이를 막아서는 나를 밀치고 그들이 다시 엉겨 붙는다. "알아서 독방 갈 테니깐 내 몸 건들지 마세요. 건들면 바로 폭행으로 고소합니다." 나를 노려보는 사람의 눈빛에 맞서고 있을 때 다행히 지원팀이 도착했다. 조사를 받으러 가는 그가 끝까지 고개를 돌려 나를 노려본다.

'수용 질서 확립'이라고 적힌 문구 밑에 벗겨진 근무화 한쪽을 집어 들고 신발 끈을 꽉 조여 맸다. 그가 밀치는 바람에 순간 허리에 무리가 갔는지 허리 오른쪽이 살살 아파온다. "여긴 걱정하지 말고 병원에 가 봐"라는 말을 곧이듣기에는 너무 빤히 보이는 인력 상황에 엄두가 나질 않는다. 허리를 붙잡고 돌아 나오는데 "사람 말 무시하는 것도 아니고, 왜 약을 가져다주지 않느냐"라고 했던 사람이 아직도 창살에 얼굴을 붙인 채 약을 달라며 성화를 부린다.

'그저 약을 달라는 게 과연 공무집행 방해가 성립될까?'라는 생각이 잠시 스쳤고 내 뒤통수를 노려보는 그를 지나 담당실에 앉아 근무 보고서를 작성한다. '근. 무. 보. 고'까지 썼을 때 키보드에 손을 올려놓기 무섭게 다시 벨이 울린다. 방금 배달 온 신문이 자기가 시킨 언론사의 신문이 아니란다. '수용자가 보는 신문이 잘못 배달됐다'고 담당 부서에 전화를 걸고 다시 근무 보고서를 마저 쓰려는데, 이십 대 초반의 수용자 열댓 명이 웃통을 벗고 문신을 드러내며 내 앞을 지나간다.

방에서 나올 때는 꼭 옷을 입고 나오라고 몇 번이나 주의를 줬지만 '깜빡했다'며 서로 어깨동무하고 헤드록을 걸며 장난을 친다. 한 줄로 걸으라는 나의 외침이 가련하다. 모두 규율 위반이다. 난 규율 위반 적발서에 그들의 수용 번호와 이름을 적고 그들의 앞에 섰다.

- 알았어요. 여기 엄지 지문 찍어주면 되는 거죠? 찍어드릴게요.

지문을 찍은 그들이 서로 어깨동무하며 장난을 친다. '날 더울 땐 독방에 한 번씩 가는 것도 나쁘진 않다'는 말이 돌아 나오는 내 뒤통수에 꽂힌다. 그때 다시 천장 스피커를 통해 상냥한 아나운서의 멘트가 흘러나온다.

**수용자 여러분. 일교차가 큰 날씨에 수용 생활에 어려움을 겪고 있는 와중에도 방역 수칙을 지켜줘서 깊이 감사드립니다.**

연신 감사의 인사를 건네는 음성이 다시 복도에 울려 퍼지고 있을 때, 이번엔 독방 복도 쪽에서 벨이 울린다. 시간을 물어보는 그에게 시간 물어보는 것까지 벨을 누르지 말라고 했다가 순간 아차 싶었다. 아니나 다를까 '시간을 물어볼 수도 있지, 왜 말을 그렇게 하느냐'는 말이 돌아온다. 아직 근무 보고서도 다 쓰지 않은 상황에서 또 시간을 할애할 수 없어서 나는 "열두 시 삼십 분입니다"라고 대답했다. 어찌 됐든 드디어 근무 보고서 작성을 마쳤다.

이번엔 책이 문제였다. 운동하러 나올 땐 책을 들고나오지 말라고 했는데도 또 잡지를 들고나왔다. 여성의 나체 사진이 가득한 잡지. 주의를 주는 내 얼굴을 보며 그가 머쓱하게 웃는다.

- 교도관님. 근데 우리는 노래방 언제 들어와요?

여성의 신체가 적나라하게 노출된 잡지를 다시 방으로 가져다 놓은 그가 갑자기 노래방에 대해 묻는다. 뜬금없이 무슨 노래방이냐고 묻는 나를 보며 '아직 그것도 몰랐냐. 지금 교도소에 노래방이 설치되고 있다고 들었다'고 한다. '다른 교도소에서 온 사람이 괜히 당신을 놀리려 그러는 거 아니냐'고 묻는 나를 바라보는 그의 표정이 진지

하다. 그가 갑자기 입을 쫙 벌리고 끔찍한 바이브레이션을 섞은 고음을 내지른다. 그의 모습을 바라보는 수용자들이 껄껄대며 웃고 떠드는 사이 운동시간이 끝났다.

교도소에 노래방이라니. 하지만 어디서 또 누군가 당신에게 장난을 친 것이라며 핀잔을 줬던 내 얼굴이 난감하게 변했다. 포털사이트에 검색해보니 정말 교도소에 노래방이 설치되었다. 예전에 동기와 술자리에서 "이러다 정말 교도소에 노래방이랑, 게임기도 들어오고, 볼링장이랑 마사지 시설까지 들어오는 거 아냐?"라며 반농담 삼아 이야기한 적이 있다. 지금도 노래방이 운영 중인지, 아니면 폐쇄 절차를 밟았는지는 모르겠지만 수용자들이 노래를 부르는 동안 노래방 문 앞을 지키고 서 있어야 할 교도관들의 모습이 떠올라 마음이 좋지 않음을 숨길 수가 없다.

**수용자 여러분. 오늘 하루도 고생 많으셨습니다. 수용자 희망 지원금 신청과 관련하여 직접 신청서를 제출하여……**

어느덧 일과 종료를 알리는 멘트가 흘러나온다. 저녁 식사가 도착하기 전 다시 한번 커피 마실 따뜻한 물이 그들에게 지급되고 가족들과의 면회를 마친 사람들은 전부 방으로 복귀했다. 이번엔 음악 오디션 예능 프로그램이 방영된다. 오디션 예능 프로그램에 정신이 뺏긴 사람들의 방을 한 번씩 바라보며 조용히 그곳을 벗어났다. 차에 올라타자 벨이 울리는 환청이 들린다. 잠시 시동을 걸기 전에 심호흡을 한다. 나와 같은 표정을 한 사람들이 퇴근 준비에 분주하다. 난 시동 버튼을 누르고 라디오 볼륨을 평소보다 높게 올리고, 나지막이 읊조렸다. 교도소 스피커를 통해선 들을 수 없는 그 음성을.

교도관 여러분. 안녕하십니까. 일교차가 큰 날씨에 어려움을 느끼실 와중에도 묵묵히 근무에 임해주셔서 깊이 감사드립니다. 오늘 하루 정말 고생 많으셨습니다. 무사히 가정의 품으로 복귀하시길 바랍니다. 정말, 정말 수고 많으셨습니다.

# 그 소년의 사정

처음엔 내 눈을 의심했다.

법원 한쪽 벽의 반을 채운 커다란 스크린에 쉰 중반쯤 되어 보이는 중년 남성 사진이 비치자 법정 곳곳에 탄식을 넘어선 신음이 흘렀다. 그 사진 속 남성은 눈을 감고 있었고 전신에 멍이 들어 있었다. 검사가 제시한 공소사실에는 피해 남성이 겪은 끔찍한 피해가 고스란히 기재되어 있었다. 사진 속 남성이 사망한 시각은 한 달 전, 그러니까 불과 삼십 일 전까지만 해도 이 사람은 숨을 쉬고 있었다는 말이 된다. 분명 누군가의 가족으로 살아가면서 웃고, 화내고, 먹고, 자고, 카드 명세서나 세금 고지서를 보고 한숨을 쉬었을 한 '사람'이 세상에 존재했던 것이다.

암녹색 피부를 띄고 있는 사람의 신체가 이백 인치 대형 스크린에 송출됐을 때, 이 일을 하며 한동안 무뎌졌던 내 심장도 급격하게 뛰기 시작했다. 나도 모르게 피고인석에 앉아있는 파란 수의를 입은 남자를 쳐다봤다. 그는 소년수였다. 교도소에서 소년을 처음 봤을 때 그는 일단 인사성이 좋았다. 큰 말썽 없이 수용 생활을 했고 동료 교도관들도 교도소에서 제일 나이 어린 그 소년이 혹여 괴롭힘을 당하진 않을지 예의 주시하며 살폈다.

하지만 지금 상기된 내 얼굴은 그 소년을 비난하고 있었고, 머릿속에서는 이미 '이 살인자!'라는 채찍질을 가하고 있었다. 그에게 분노의 회초리를 휘두르려는 사람은 나뿐만이 아니었다. 피고인석에 앉아있던 남자가 무덤덤한 표정으로 고개를 들자 순간 어딘가에서 욕설이 들려왔고, 배심원 자리에선 나지막이 훌쩍거리는 소리가 났다.

'오, 주여……'

신을 찾는 목소리도 있었다. 증인으로 소환된 담당 부검의는 중년 남성의 명치와 어깨 부분을 레이저 포인트로 가리키며 말했다.

- 복부와 어깨의 피부 표면은 단순히 멍든 것으로 보이지만, 여기 다음 사진을 보시면 내장에 출혈이 있음을 알 수 있습니다.

부검의는 슬라이드를 넘겨 중년 남성의 부검된 복부 사진을 스크린에 띄웠다. 증거 사진에는 남성이 당시 입고 있었던 작업복 상의와 구겨진 검은색 등산 바지도 있었다. 퇴근하고 바로 변을 당했는지 옷에는 짙은 흙이 촘촘히 묻어있었다. 부검 사진으로 요동쳤던 내 심장은 흙에 묻은 옷을 본 순간 차갑게 식어버렸다. 이윽고 눈이 따끔거렸다. 평생 공장에서 일하신 아버지의 작업복이 겹쳐 보였던 것일까?

먹고사는 문제가 인생 최대의 과제라고 생각하며 치열하게 살아갔을 사람들의 인생은 보장받을 권리가 있다. 피해자의 인생에서 바라봤을 때, 지금의 상황은 지구에 운석이 떨어진 것이나 전쟁이 일어나 죽음을 맞이한 것과 다르지 않을 것이다. 가해자의 무자비한 폭력은 한 개인에게 운석이고 총이며, 재난 그 자체였다. 죽음에 이르게 한 폭력에 얼마나 고통스러웠을지, 단 한 번도 만나보지 못한 남자였지만 어느새 난 감정이입을 하고 있었다.

- 피고인, 처음부터 피해자를 살해하려고 계획했던 거 아닌가요?

맞은편에 앉아있는 검사가 피고인을 바라보며 입을 열었다. 피고인석에 앉아있는 소년은 중얼거리듯 말했다.

- 네. 죽이고 싶어서 때렸어요. 죽이고는 싶었는데, 진짜 죽을 줄 몰랐어요.

대답하는 소년의 목소리는 가늘고 얇았다. 고등학교 1학년쯤 되었을까? 중학생? 어떻게 자기보다 크고 건장한 남자를 제압하고 폭행해 죽음에까지 이르게 했을까?

- 잠깐만요. 존경하는 재판장님, 현재 이 사건의 사망원인은 피고인의 폭행이 아닙니다. 피해자는 폭행이 있던 날이 아닌, 바로 다음 날 사망했다는 것에 주목해주시길 바랍니다.

피고인의 옆에 앉아있던 변호사가 피고인의 말을 잘라들어갔다. 중년 남성의 사망원인이 저 어린 학생의 폭행에 기인한 것이 아니라는 것을 얘기하는 듯했다. 변호사는 벨트를 조여 바지를 추스르고 말을 이어갔다.

- 피해자는 평소 소주를 다섯 병씩 마시던 사람이었습니다. 가족들은 알코올중독치료센터에 입원할 것을 권유하였지만 소용없었고요. 피해자는 결국 폭행 다음 날 아침, 그날도 어김없이 술을 만취할 때까지 마셨고……

그때 갑자기 방청석에서 한 중년 여인이 일어나 소리쳤다.

- 그럼 우리 동생이 혼자 나자빠져 죽었다는 소리예요, 지금?

자신을 피해 남성의 친누나라고 소개한 여인은 사건의 책임을 피해자에게 떠넘기는 것이냐며, 변호사를 노려봤다. 자기 동생을 죽인 사람을 변호하는 말을 듣고 있는 것도 피가 거꾸로 솟구치는데 오히려 피해자를 비난하는 듯한 말을 듣고 있자니 여인은 숨이 뒤로 넘어가는 듯했다.

- 피해자는 술에 취해 넘어져 사망한 걸로 보입니다. 증거 어디에도 피고인의 폭행이 피해자의 사망과 인과관계가 있다는 것을 증명하지 않으며, 살인죄로 판단한 검사의 기소는 무리한 기소라고 생각합니다.

변호사의 진술에 방청석에서 야유하는 소리가 들렸다. 배심원들의 표정도 점점 불편함을 감추지 못하고 있었다.

- 자, 방청석에 계신 분들은 재판에 방해되지 않게 협조해주시고요, 변호인이 요청한 증인께서는 증인석으로 나와주세요.

한 여성이 재판장을 마주 보고 섰다. 변호인이 신청한 증인은 바로 피고인의 어머니였다. 그녀의 눈시울은 붉어져 있었지만 최대한 또렷한 목소리를 내보려 안간힘을 쓰고 있었다.

- 그 사람이 죽지 않았다면 제가 죽었을 거예요.

그녀의 진술이 시작되자 법정의 모든 사람이 침묵했다. 배심원, 방청객, 검사, 재판장 할 것 없이 모두 그녀의 목소리에 귀를 기울였다. 사망한 중년 남성과 여인은 부부 사이였고 십 대의 피고인은 사실 그들의 자녀였던 것이다. 그녀의 진술에 따르면 피해 남성은 술만 마셨다 하면 아내와 자녀를 폭행했고 가정폭력범으로 교도소에 수감된 적도 있었다. 시신의 사진에도 무덤덤한 표정을 유지하던 소년은 어머니의 진술에 무너져내린 듯 오열했다.

처음 그 소년을 비난하던 사람들의 표정은 그녀의 진술 이후 혼란스러움을 감추지 못했고 오전 10시부터 새벽 1시까지 15시간에 걸친 재판은 이제 최후의 진술만을 남겨놓고 있었다.

- 아버지가 죽지 않았더라면 저와 어머니는 결국 죽었을 겁니다. 그 말 말고는 더 이상 할 말이 없습니다.

그 말을 마지막으로 재판은 끝이 났다. 소년은 10년을 선고받았다. 소년의 어머니는 그 자리에 주저앉았고 피해자의 누나는 사형을 선고해달라며 울부짖었다. 오열과 울부짖음 속에서 정신을 차리지 못하고 있는 나에게 소년이 자신의 양손을 들어 보였다.

- 교도관님, 이제 들어가셔야죠.

나는 손에 들고 있던 수갑을 소년의 손목에 채워 걸었다. 소년은 나를 바라보며 웃음을 지어 보였다. 그리고 자기 행동에 한 치의 후회도 없다는 표정으로 담담하게 법정을 걸어 나왔다.

교도소에 도착한 소년은 자신의 방으로 들어가 이불을

머리까지 올려 덮었다. 나는 그가 들어간 방문 앞에서 한동안 멍하니 굳게 닫힌 철문을 바라보다 이내 걸음을 옮겼다. 이불 밖으로 새어 나오는 소년의 흐느낌이 내 발목을 붙잡는 것처럼 느껴졌다. 나는 그날 차에 타서도 한동안 시동 버튼을 누르지 못했다. 사람을 살해한 자를 동정했다는 나 자신이 싫어서였을까, 아니면 나도 그 소년과 별반 다르지 않음을 시인하는 것이 버거워서였을까?

인생은 멀리서 보면 희극이지만 가까이서 보면 비극이다.

– 찰리 채플린(Charles Chaplin) –

안타깝게도 이곳, 교도소의 뒤엉킨 사연들에 희극은 없다. 가까이서 봐도 비극이요, 멀리 두고 봐도 참으로 참담한 비극이다. 이 길고 끝이 보이지 않는 비극에 막을 내리도록 필름을 뚝, 하고 잘라버리고 싶다. 그 비워진 부분에 아무도 죽지 않는 그런 결말을 끼워 넣고 싶은, 그런 결말은 현실에 존재할 수 없을까? 오늘 같은 날은 신이라도 붙잡고 하소연하고 싶은 마음뿐이다.

# 에누리

내가 사는 곳에 지역 오일장이 열렸다.

형형색색의 파라솔이 한 줄로 줄지어 펴져 있고 그 아래에는 각 지역에서 몰려온 상인들이 새벽 내내 준비해온 먹거리를 선보였다. 입구에서부터 이미 동네 사람들이 모두 쏟아져 나온 듯 북적였다.

김이 모락모락 나는 찐빵 냄새가 입구를 장식했고, 막국수와 전병을 파는 가게에서는 사람들이 자리를 잡고 막걸리 잔을 기울인다. 야무지게 아이스크림을 먹고 있는 아이가 잡고 있는 내 손을 잡아당긴다. '나 저거!'라며 아이의 손에 이끌려 우리가 도착한 곳은 먹음직스러운 약과를 파는 가게이다. 인심 좋아 보이는 사장님의 얼굴, 장사를 하면서 다져진 팔뚝에 솟아오른 핏줄은 강물이 뻗어 흐르는 선처럼 굳세보인다.

- 약과 한 봉지에 삼천 원이요~ 에누리 없습니다.

그는 내 종아리만 한 팔뚝으로 약과 한 봉지를 건넸다. 에누리가 없다는 말은 이윤을 남기지 않는 장사라는 말이다. 당연히 남는 거 없는 장사는 없다. '가장 싼 가격에 모십니다.' 즉, 소비자에게 제시하는 흥정의 한 방법일 것이다.

보통 물건값을 깍을 때 사용되는 단어 '에누리'는 사실 사전적 정의를 찾아보면 순우리말로 '용서'라는 뜻을 담고 있기도 하다. '용서'와 '값을 깎는 일'이라. 그러고 보니 용서를 구하고 흥정을 원하는 건 비단 물건을 사고파는 곳에서만 일어나는 일은 아니다.

- 조금만 더 깎고 싶은데요. 가능할까요?

갈색 수의를 입은 남자가 맞은편에 앉은 남자에게 호소한다. 무엇을 더 깎고 싶어서 저렇게 애절한 표정으로 얘기하는 걸까.

- 항소장은 법원에 제출했어요. 피해자와 일부 합의가 됐으니 아마 감형될 겁니다.

1심 법원이 판결한 형량을 조금이라도 줄이고 싶어서 다시 재판을 받아보고 싶은 모양이다. '에누리=용서'를 구해서 '에누리=형량의 값을 깎는 일'이 이루어지고 있는 것이다.

- 교도관님, 면회 끝났습니다.

자신의 형량을 조금이라도 줄이고 싶어 한 그 남자가 변호인 면회를 마치고 자기 방으로 들어갔다. 벼랑 끝에 선 심정의 사람들은 하나같이 구속에서 하루빨리 해방되고 싶어 한다. 그래서 감형을 위한 재판을 준비하기 위해 수천만 원, 많게는 억 단위의 금액을 지불해 변호사를 고용하기도 한다. 이때 '피해자의 용서'는 감형에 있어서 아주 중요한 요소가 된다.

그대에게 잘못을 저지른 사람이 있거든, 그가 누구이든 그것을 잊어버리고 용서하라. 그때 그대는 용서한다는 행복을 알 것이다. 우리에게는 남을 책망할 수 있는 권리가 없다.

– 레프 톨스토이(Leo Tolstoy) –

이곳에서 용서받고 참회하고 변화된 사람들도 분명히 있다. 여기에 있는 동안 피해자에게 용서를 구하고 피해 회복을 위해 최선을 다해 새로운 삶의 기회를 얻는 것 또한 교도소의 역할일 수 있다. 하지만 돌이킬 수 없는 피해를 본 사람들, 그 사람들에게는 용서라는 말을 조심히 건네는 것조차 '또 다른 폭력'으로 여겨질 만큼 끔찍한 상황들 또한 분명히 존재한다.

선고를 앞두고 한 남자가 절절한 목소리로 피해자에게 합의를 호소한다.

- 저 사람을 절대 용서할 수 없습니다. 제게 용서를 강요하지 마세요. 지금껏 용서해달라고 연락 한 번 없더니 선고 직전에 용서해달라는 건 너무 뻔뻔하네요.

법정 뒤편 방청석에 앉아있던 피해 여성이 눈시울을

붉히며 대답했다. 피해 여성의 말이 끝나자 피고인은 고개를 떨궜다. 가해자는 자신의 형량을 감형받을 마지막 기회를 놓쳤다. 그때 싸늘하게 피해자를 노려보는 그 남자의 눈빛을 지금도 잊을 수 없다. 우리에게 남을 책망할 권리가 없다는 것도 맞는 말이지만, 분명 우리에게는 용서를 강요할 권리도 없다.

교도소 창살 아래 한 수용자가 방에 앉아 허공을 멍하니 바라보고 있다. 무엇을 그리 골똘히 생각하는지 내가 그의 얼굴을 빤히 쳐다보고 있다는 것도 알아차리지 못한다.

- 뭘 그리 골똘히 생각하세요?

그가 내 목소리에 화들짝 놀라 고개를 돌려 자신에게 말을 걸어오는 나를 바라봤다. 고개를 돌리니 그의 눈동자가 붉게 물들었다는 걸 알 수 있었다. 옆에는 그에게 도착한 이혼 서류 봉투가 놓여있다.

- 가족들에게 미안해서요. 제 욕심 때문에 얼마나 많은 사람이 상처를 입었을지…… 죽고 싶은 심정이에요.

처음엔 덤덤하게 얘기하던 그의 목소리가 급격히 떨리고 있다. 나가서는 꼭 피해자의 피해를 복구하고 정상적인 일을 해서 가족들과의 관계를 회복하고 싶다는 말을 전한다. 그는 출소 후 어떻게 살아가야 할지에 대한 계획도 철저히 준비하고 있었다.

그로부터 얼마 후 그와 함께 가정법원에 도착했다. 그의 아내는 세 살쯤 되어 보이는 갓난아이를 포대기에 들쳐 업고 법정 안으로 들어왔다. 이혼을 요구하는 아내의 진술을 들으며 그는 그저 하염없이 눈물을 흘리고 세 살배기 아이를 쳐다보고 있다. 그는 사기죄로 구속되었는데, 자기도 처자식 먹여 살리려고 아등바등 발버둥 친 것이라고 진술했다.

잘못인지 알면서도 매달 들어가는 생활비에 도저히 발을 뺄 수 없었다고, 출소해서는 꼭 피해자를 찾아가 모든 피해를 원상 복구하겠다고. 그는 진술하는 와중에도 계속해서 눈물을 흘렸다. 그 순간에는 이혼을 강력하게 요구하던 아내의 변호사도 고개를 끄덕이며 그의 얘기를 가만히 듣고 있었다. 아이는 신기하게도 뭐가 그리 좋은지 아빠의 얼굴을 보며 배시시 웃었다. 마치 다 괜찮다고, 다 잘 될 거라고 얘기하는 것처럼. 우리는 선고 일자를 듣고 법정에서 빠져나와 호송버스에 올라탔다. 그는 창문 밖을 바라보며 무슨 깊은 생각에 잠긴 것 같았다.

- 제가 출소하면…… 그때부터라도 잘 살면, 이 모든 걸 되돌릴 수 있을까요?

창문을 보던 그가 몸을 돌려 쓰러지듯 의자에 기댔다.

- 그럼요. 앞으로가 중요하죠. 출소해서 아이가 커가는 모습을 보면 마음을 다잡게 될 거예요. 그 전에 꼭 피해복구를 위한 계획을 잘 짜는 게 우선이죠. 할 수 있습니다.

앞으로는 그의 의지에 달렸다. 그리고 내가 할 일은 그가 모든 걸 잃고 자포자기 상태로 다시 이곳에 들어오지 않게 '믿어주는 일.' 그것 말고는 할 수 있는 게 없다.

아이와 장을 보고 집으로 돌아가는 길에 노랗게 피어오른 장미를 보며 그때 그 남자를 회상한다. 그가 출소한 지 벌써 수년이 지났다. 그는 용서받았을까? 약과 한 봉지를 들고 신이 난 아이와 꽃내음을 맡으며 잠시 봄 하늘을 보며 기도를 청해 본다.

이 꽃의 꽃말처럼 분노와 통곡 소리에 지쳐가는 교도소 담벼락 아래에 노란 장미가 만개滿開하길, 그리고 상처 입은 피해자의 마음에도 치유의 봄날이 찾아오길.

부디 그들을 굽어살피소서.

# 지금,
# 구속되었습니다

교도소에서 '문門'이라는 단어는 꽤 상징적이다.

누군가에겐 손을 움직여 문을 여닫는 일련의 과정으로 치부될 수 있는 단순한 행위지만, 이 문을 열고 들어와서 다시 문을 열고 나가기까지 수년, 혹은 수십 년 동안 자신의 인생을 집어넣어야 다시 이 문을 열고 나갈 수 있는 사람들이 있다. 24시간 동안 360도를 도는 지구의 자전을 생각한다면 아마 이 문을 열고 들어와 닫고 나가기까지 지구가 수백 바퀴는 돌아야 한 번 닫힌 문이 다시 열릴 수도 있다는 말이 된다. 문을 열면 그동안 살아온 세상과는 확연히 다른 세상이 기다리고 있을지도 모른다.

인류 역사상 이 문은 수천 년 동안 존재하고 있었지만, 그 누구도 직접 이 문을 열고 들어오고 싶지 않아 했다. 알면서도 모른 척했던 탓인지 이 문은 다소 비밀스럽고 호기심의 대상이었으며 바깥에서 생활하는 사람들에겐 미지의 영역으로 불리기도 했다.

그런데 오늘, 이 문을 열고 들어온 사람들이 있다. 누군가는 호기심에, 누군가는 자신의 탐욕 때문에 또는 실수로 이 문을 열고 들어온 것이다. 처음 이 문을 열고 들어오는 사람들의 표정은 하나같이 절망스러웠다. 절망이란 표현이 적절한 것 같다. 살면서 벽에 부딪히거나 포기해야 하는 순간이 오면 돌아가거나 다른 길을 모색하면 되지만 이 문을 열고 들어오는 그 순간만큼은 뒤돌아보거나 앞을 내다볼 수 없는 상태, 그야말로 절망적이다.

- 여러분은 지금부터 구속되었습니다.

문을 열고 들어온 사람들에게 나는 구속 사실을 고지했다. 구속이란 말은 지금부터 교도소에 수감될 '수용자'의 신분으로 바뀌고 수용번호로 호명된다는 말이다. 인간은 다른 사물이나 대상과 구별하고자 자신들에게 '이름'

이란 것을 붙여 서로 부르며 진화해 왔지만, 이곳에서만큼은 그 인류의 시간도 '잠시 멈춤' 상태가 되어버린다.

- 제발 부탁인데 집사람한테 한 번만 전화하게 해 주세요.

정장 차림의 한 남성이 애원했다. 다니던 회사에 하루 연차를 내고 재판받으러 온 사람이다. 그는 법원에서 바로 구속될 거라고는 전혀 예상하지 못했다고 했다. 오늘 아침까지만 해도 아내와 함께 식사하고, 출근길에 오르는 자기를 배웅하는 가족들의 모습을 보며 길을 나섰을 것이다.

그는 퇴근 시간이 돼도 자신이 돌아오지 않는다면 아내가 실종신고를 할지도 모른다고 했다. 그의 아내는 여느 때와 같이 남편의 퇴근 시간에 맞춰 저녁을 준비하고 있을지도 모른다. 물론 법원에서 아내에게 구속 사실을 통보하겠지만, 어찌 됐든 오늘 이 남성은 아내가 차려준 저녁밥을 먹으며 시시콜콜한 담소를 나누지 못할 것이다.

나는 그의 휴대전화를 반납받고 전원을 껐다. 휴대전화 바탕화면에 가족들의 사진이 보였다. 어느 여름날 휴가지에서 찍은 사진인지, 아이를 가운데에 끼고 아내와 손하트를 그리고 있는 모습이다. 휴대전화가 완전히 꺼지자 나는 그가 손가락에 끼고 있던 결혼반지를 보관품 봉투에 집어넣었다. 그는 한 번만 아내의 목소리를 듣게 해 달라며 바닥에 엎드려 오열했지만 '수용자'는 개인적인 휴대전화 사용이 금지되어 있다.

그의 상의 안주머니에서 명함 두어 개가 나왔다. 주식회사로 시작하는 기업명. 남성의 이름 옆에는 과장이라는 직함이 쓰여있다. 그 자리에 오르기까지 어떤 이야기들이 담겨있을지 모르겠지만 이 남성의 회사 생활은 더 이상 유지되기 어려울 것이고, 매달 들어가던 생활비도 더 이상 감당하지 못할 것이다. 대출금이 있다면 신용불량이 될 수 있고 집은 압류가 진행될 수 있다.

임신한 아내를 두고 구속된 사람들도 있다. 집이 경매되고 사회에 홀로 남은 아내는 만삭의 몸을 이끌고 일하며, 숙식을 해결해야 하는 상황도 일어나곤 한다.

그 뒤에 이어 들어온 사람은 30대 중반쯤 되어 보이는 여성이었다. 앞서 구속 입소를 진행한 남성의 흐느끼는 소리에 여성의 통곡 소리까지 더해지니 나 또한 울고 싶은 지경이었다.

- 이따 4시에 어린이집에 우리 아이 데리러 가야 해요……. 저 여기서 이렇게 있으면 안 돼요. 엄마 엄청나게 찾을 텐데, 제발, 집으로 보내주세요.

아기 엄마였다. 출산의 고통을 견뎌내고 잉태의 위대함을 겪어낸 사람도 이 문을 열고 들어온다. 그녀가 꺼낸 자동차 열쇠고리에는 딸의 사진이 있었다. 배우자가 있다면 아이를 맡아 키우겠지만 생계 활동을 하면서 남자 혼자 몇 년이고 아이를 키운다는 건 쉽지 않을 것이다. 그리고 대부분의 경우 바깥세상에 남아있는 배우자는 이혼소장을 교도소로 전달한다.

이것이 '구속'됨의 고통이다. 구속이라는 고통은 자유를 제한당하는 것에서 끝나지 않는다. 죄질이나 죄의 경중에 따라 차이는 있겠지만 피해자와 그 가족들에 대한 죄책감, 그리고 자기 가족들에 대한 책임을 저버렸다는 죄책감을 떠안게 된다.

나는 그들의 손에 수갑을 채우고 몸을 결박하는 포승줄을 매듭지었다. 오와 열을 맞춰 줄지어 이동하는 사람들 사이사이에 공포와 두려움, 후회나 절망이 일으키는 무거운 공기가 교도소의 문을 두드렸다. 이제 이 문에 들어서면 수용번호를 부여받는다. 생필품은 물론이거니와 양말, 심지어 팬티 한 장까지도 국가에서 제공된 것을 사용해야 한다.

- 자, 여기로 들어가세요.

아내의 사진을 보며 오열하던 남성이 방 안으로 들어갔다. 그는 쭈뼛거리더니 무언가를 느꼈는지 방구석에 쪼그려 앉았다. 평소 부부 두 명이 사용했을 안방만 한 크기의 방에는 먼저 들어온 남성 십여 명이 앉아있다. 그들은 일제히 새로 들어온 그 남자를 빤히 쳐다보고 있었다.

가끔은 남겨진 가족들, 남편을 기다리고 있을 아내, 아빠를 보고 싶어 하는 아이들 생각에 연민이 들 때도 있는 것이 사실이다. 그렇다고 이 사람들의 죗값을 내 연민 따위에 맞출 수는 없다. 이 슬픈 이야기에는 누구보다 더 고통을 받고 있을 사람들이 존재하기 때문이다. 아내를 찾던 그 남성은 술에 취해 몸을 가누지 못하는 부녀자를 강간했고, 아기 엄마는 한 중년 부부를 기망해 평생을 모은

은퇴자금을 중국으로 송금시켰다.

우리가 하루에 수없이 여닫으며 지나가는 문이라는 것은 공간과 공간의 경계를 짓는 것에 그 목적을 둔다. 다만 교도소의 문은 단순히 공간의 경계를 구분하는 것을 넘어 인간과 인간 삶의 경계를 구분 짓기도 한다.

오늘 이 문은 한 번 열리고 닫혔다. 문이 닫힌 자리에 떠도는 고요함 속에 들리는 절망의 소리는 나에게만 들리는 것일까? 오늘도 여지없이 이 문을 열고 들어오려는 사람들이 줄지어 자기 차례를 기다리고 있다. 나는 이 문 앞에 서서 담 안과 밖의 경계를 지켜 선다. 문 너머에 무엇이 그리 궁금한지, 지나친 호기심과 탐욕에 물들어 문 앞을 서성이는 사람들이 있다. 침묵이 강조되는 교도소라지만 다른 건 몰라도 그 사람들을 위해 딱 이 한마디만 목에 힘을 주고 크게 소리쳐야겠다.

님아. 부디 이 문턱을 건너지 마오!

# -제 2장-

# 교도소의 여름

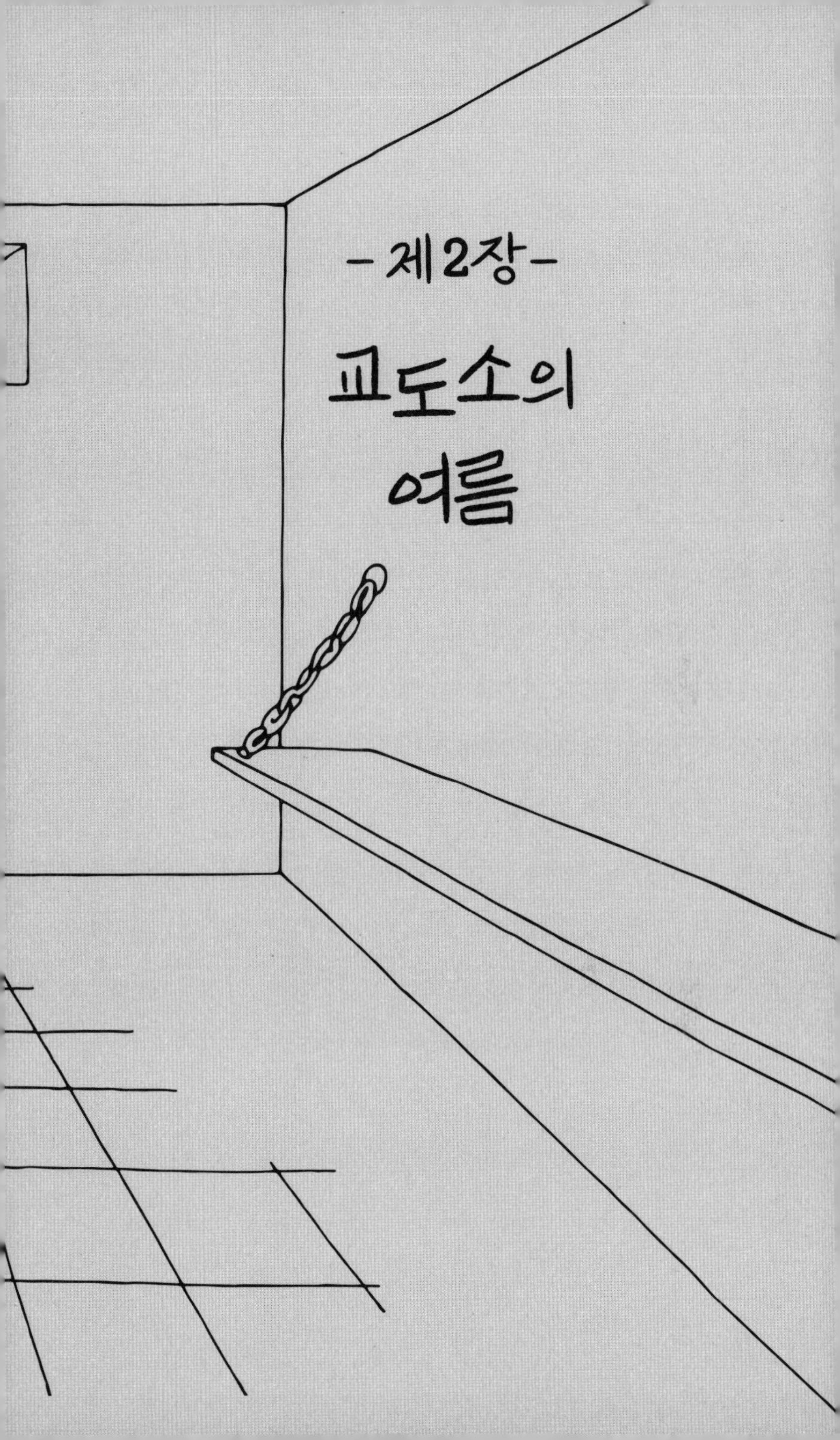

# 교도소의 여름이 찾아왔다

창살 밖으로 보이는 세상이 연하게 노래질 때쯤, 백 명이 넘는 사람들이 먹을 저녁밥이 실린 끌차가 둔탁한 바퀴 소리를 내며 들어왔다. 35도가 넘는 뙤약볕 아래 흘린 백여 명의 땀 냄새와 개방되어 있는 변기 냄새, 거기다 오이, 김치, 갈치의 냄새가 더해졌다. 말로 설명할 수 없는 그 특유의 냄새는 미지근한 바람을 뿌리는 연녹색 선풍기에 실려 건물을 가득 메웠다.

간혹 일상생활을 하면서 지하철을 타거나 길거리를 걸어갈 때 스쳐 지나가는 누군가에게 이 익숙한 냄새가 나서 한동안 서서 뒤를 돌아본 적이 있다. 일상에서 스쳐 지나가던 그 누군가도 나한테서 풍기는 그 익숙한 냄새에 뒤를 돌아봤을지도 모른다. 그만큼 이 냄새는 교도소에 들어와 본 '알 만한 사람'만 아는 그런 냄새다.

저녁 식사를 마친 수용자 한 명이 바닥에 쏟은 오이냉국을 마대 걸레로 닦고 있다. 볼일을 마친 그가 마대 걸레를 세탁실 벽에 걸어놓고 나에게 수고했다는 말을 남긴 채 자기 방으로 들어간다. 이내 24시간 불이 꺼지지 않는 교도소에 통금령이 내려진다. 종말을 맞은 지구에 홀로 살아남아 아무도 없는 거리를 걷는 할리우드 영화 속의 한 장면처럼, 적막이 감도는 복도에 서 있는 사람은 오로지 나 한 명뿐이다.

종종 문틈 사이에 옷걸이를 걸어 문을 닫지 않으려는 사람들이 있다. 혼자 있는 그 캄캄한 새벽에 문이 잠겨 있지 않은 방이 있다면, 또 만약 그곳에서 사람들이 쏟아져 나온다면 나는 감당할 수 없게 될 것이다. 빚을 갚으라고 재촉하는 채권자들의 입에 붙은 말이 '문 열어!'라면 교도관인 내 입에 붙은 말은 그 반대인 '문 닫아!'이다. 일과시간이 종료되고 혹시 문이 열려 있는 곳이 있진 않은지 확인하는 내 발걸음이 빨라진다.

복도를 걷다가 십여 명의 사람들이 앉아있는 방 앞에 잠시 멈춰 섰다. 선풍기 두 대로 35도의 열기를 버티고 있는 남자들. 그들 서로의 숨기운이 이 방을 더 뜨겁게 데웠다. 백이십 킬로는 족히 넘을 것 같은 남자들이 부대껴 앉아 벽에 걸린 TV를 보고 있다. 속옷만 입고 있는 그들의 온몸엔 다양한 색의 귀신이나 동물들이 사정없이 새겨져 있다. 처음엔 온몸에 그려진 문신이 생소했으나 이젠 문신을 하지 않은 사람이 낯설다.

'과연 범인은 누구일까요?'

TV 속 진행자의 목소리에 그들이 반응했다.

"형님. 저 운전기사가 살인범 아닐까요?", "아니야. 저 윗집 남자가 범인이지 딱 봐도", "그래도 사람을 죽이기엔 저 범행 도구가 수월하니까 윗집 남자는 아닐 것 같은데?"

그들은 수년 전 발생한 끔찍한 미제 살인사건을 다루는 다큐멘터리를 보며 범인은 과연 누구인가를 두고 설전을 벌이고 있다. TV 속 진행자 옆에 프로파일러, 범죄심리학자가 앉아 자신의 의견을 피력했지만 전문가들의 얘기를 듣는 이 방의 사람들은 '에이, 그건 아니지'라고 손사래를 치면서 키득댔다. 나는 문득 지금 이 방의 사람들이 어쩌면 '살인사건에 더 정통하지 않을까?'라고 잠깐 생각하고는 이내 발걸음을 옮겼다.

내가 머문 방의 창살 옆에는 '강력 누범'이라는 네 글자가 적혀있었다. 살인, 강간, 강도 등 최소 두 번 이상의 흉악 범죄를 저지른 자들이 생활하는 공간을 뜻하는 말이다. 범인이 누구인가에 대해 논하던 그들은 이후 그 죄에 대한 법의 판결은 얼마나 나올지 갑론을박을 벌였다. 마치 내기 게임을 하듯이……. 씁쓸한 건 이 공간에 발을 들이는 그 순간, 그 끔찍한 피해에 대한 이야기는 쉽게 들을 수 없다는 것이다.

백여 명이 생활하는 공간을 한 바퀴 돌고 나서야 시야를 밝히는 조명의 조도가 낮아지고 취침을 알리는 방송이 스피커를 통해 나왔다. '수용자 여러분, 오늘 하루도 고생하셨습니다'라는 멘트로 시작하는 또랑또랑한 여성의 목소리가 구속되어 있느라 고생한 그들을 위로하듯 나머지 멘트를 읊조린다. 오늘 하루 고생했다고 다독이는 목소리가 가리키는 사람은 당연히 내가 아니다. 친절한 목소리에 이어지는 노래는 한 국가의 애국가를 부르는 성악가의 음색처럼 웅장하다. '법은 우리를 지켜주어요'로 끝나는 가사가 내 마음에까지 닿는다. 법은 그들을 보호해준다. '죽은 사람만 억울하지'라는 말이 교도소에서 일하는 세월이 늘어갈수록 목젖 위로 빠져나가려 발버둥 친다. 법이 지켜주지 못한 사람들, 지켜주지 못한 사람들을 해한 그들을 다시 법이 지켜주려는 이 뫼비우스의 실타래 속에서 내 마음도 점점 엉켜가고 있다.

내 발걸음이 마지막으로 멈춘 곳은 이 복도의 맨 끝에 있는 한 독방이다. 사람 한 명 겨우 누울 수 있는 이 방에 누워있는 남자는 끔찍한 범죄로 세상을 혼란에 빠트린 장본인이다. 언론에 그의 연쇄적인 강간살인 행위가 적나라하게 드러나자 세상은 그에게 분노했다.

그의 끔찍한 범죄를 접하고 입술을 깨문 건 나도 마찬가지였다. 그런 그가 지금 내 눈앞에 러닝셔츠를 배 위로 올리고 대자로 누워 코를 골고 있다. 난 사늘하게 멈춰버린 심장처럼, 어떤 감정도 실리지 않은 표정으로 누워있는 그를 한참 동안 내려다보다 눈길을 돌려 방 안의 벽을 살폈다.

*– 주여, 형제가 내게 죄를 범하면 몇 번이나 용서하여 주리이까. 일곱 번까지 하오리까.*

*– 일곱 번뿐만 아니라, 일흔 번까지라도 할지어다.*

벽지엔 성경 구절로 보이는 글귀가 쓰여있다. 용서받고 싶은 걸까? 용서를 언급한 그 글귀가…… 참 잔인하다. 벽지엔 '용서' 같은 아름다운 단어만 적혀있지 않았다. 그 글 밑에는 누군가를 원망하고 세상을 향해 쓴 분노의 욕설들이 가득했다. 소름 끼쳤던 건 그 욕설들 옆에 내 이름도 적혀있다는 것이다.

내 발걸음은 다시 왔던 길을 돌아가고 있다. 이 비릿한 새벽이 지나가고 아침이 돌아오면 교도소는 다시 그들의 목소리로 가득 찰 것이다. 이 안의 냄새, 소리, 그리고 슬프도록 잔혹한 사연들이 내 마음에 찌르듯이 파고드는 날에는, 집으로 돌아가는 길이 참 멀게만 느껴졌다.

# 교도소의 잠 못 이루는 밤

전날 맞춰놓은 알람 소리에 눈을 떴다.

분명 어젯밤 아이를 재우고 침대에서 잠시 눈을 감았다 떴을 뿐인데, 시곗바늘은 벌써 새벽 5시 40분을 가리키고 있었다. 한참을 뒤척이다 베개 밑에 두었던 휴대전화를 집었다.

'수용자 간 폭행 사고 예방 교육 있습니다. 출근 후 근무지 투입 전 교육실에 모여주세요.'

매일 똑같은 하루와 하루가 이어지다 보니 영원히 끝나지 않는 하루를 사는 기분이다. 겨우 몸을 일으켜 화장실에 들어가 칫솔에 치약을 듬뿍 눌러 발랐다. 오늘도 노란 우비를 입은 기상캐스터가 산발적인 소낙비가 예상된다는 소식을 전한다. 최근 계속해서 내리는 비에 습해진 공기처럼 내 마음도 덩달아 눅눅해진다. 이런 날씨에는 특히 교도소로 향하는 발걸음이 무겁다. 나 말고도 아마 대다수의 직장인은 기후 변화로 인한 인류의 위기나 전쟁의 위협보다 당장의 출근이 더 부담으로 와닿지 않을까 싶다.

불이 꺼진 거실엔 아내와 아이가 잠을 자고 있다. 요즘 들어 잠투정이 심해진 아이를 토닥이느라 긴 새벽을 보냈을 아내를 보며 조심스럽게 발걸음을 옮긴다. 이번 달에만 벌써 일곱 번째 밤샘 근무다. 내일 아침 퇴근 후에나 볼 수 있는 아이를 한동안 눈에 담고 나서 현관문을 나선다.

교도소 복도에 들어서면 일정한 간격으로 철문이 나란히 있다. 방 하나하나를 둘러보며 천천히 복도를 걷는다. 몇몇은 오셨냐며 인사를 하지만 대부분의 사람은 이상하리만치 내 얼굴을 빤히 쳐다본다. 한 공간에 있는 사람들이지만 저마다의 표정은 가지각색이다. 누군가는 한 맺힌 표정으로 허공을 보고 앉아있고, 누군가는 가지 않는 시간에 괴로워 눈을 감고 있다. 또 누군가는 이곳이 자기 집인 것처럼 둥지를 틀고 자리를 잡았다. 매번 느끼지만 백 명이 넘는 사람들의 시선을 홀로 받아내는 일도 쉽지만은 않다.

- 저기요, 잠시만요. 얘기 좀 하고 싶은데요.

이제 막 다섯 걸음을 옮겼을 뿐이지만 여기저기서 자신의 요구를 들어달라는 목소리가 들려온다. 나 혼자 백 명이 넘는 사람들 한 명, 한 명의 모든 이야기를 복도에서 있는 채로 하염없이 들어주는 건 물리적으로 불가능하다. 절차가 있고 순서가 있다. 이건 말도 안 되는 근무환경이라며 오히려 교도관을 염려하는 수용자들도 있다.

그들의 입장에선 아침에 봤던 교도관이 그날 저녁에도 있고, 새벽에 잠깐 잠에서 깨서 화장실에 갈 때도 창살 밖으로 자기를 바라본다. 다음 날 아침에 기상해서 이부자리를 정리할 때도 똑같은 교도관이 앞에 서 있으니 깜짝 놀라는 수용자들도 있다. '집에는 언제 들어가세요? 같이 징역 사는 것도 아니고'라며 걱정해주는 수용자들의 말에 씁쓸하다. 도대체 언제쯤 인력이 정상화될 수 있을까.

하지만 반대로 욕설과 협박으로 어떻게든 자신의 요구를 관철하려는 사람들이 출현한다는 것이 문제다. 직원 고소는 그런 사람들이 즐겨 찾는 제일 실용적인 수단이다. 담당실에 도착하니 오늘도 내 책상엔 '인권위원회에 보냄'이라는 편지 봉투와 누군가의 '고소장'이 올려져 있다.

- 개인이 생활하는 공간에서 옷을 벗고 있는 모습을 쳐다봐 성적 수치심을 느낀 점
- 신체의 자유를 침해하여 강제로 타인의 신체를 더듬어 성추행당한 사실이 있는 점
- 취침을 방해하고 인간의 기본적인 권리를 침해한 점

고소 내용 한 구절, 한 구절에는 대한민국 헌법, 형법과 형사소송법 몇 조 몇 항까지 적혀있다. 그런 사람들은 방 안에서 하루 종일 법을 공부한다. 법에 관련된 책이 방 한구석에 수북이 쌓여있다. 이곳은 형광펜으로도 칼날을

만들고 건전지를 부딪쳐 불을 일으키는 곳이다. 몇 가지 반찬만 있으면 잘 숙성된 술을 만든다. 화투 패의 그 세세한 주름까지 그려내고 '홍단'의 날리는 글씨체와 붉은 꽃잎을 눈앞에서 보고도 '어떻게 이곳에 화투 패를 들고 들어왔지?'라며 그 정교한 솜씨에 내 눈을 의심한 적도 있다.

예전 선배들은 부품 몇 개만 갖다주어도 헬리콥터를 만들고 탈출하려는 사람도 있을 거라는 말을 하는 사람도 있었다. 내 책상 위에 놓인 고소 내용은 전부 '그런 불법으로 제작한 작은 칼이나 부정 물품들이 있는지 실시하는 검사'와 '순찰'을 도는 것에 대한 내용이다. 하지만 이런 무차별적인 고소가 들어가면 교도관은 조사받아야 한다. 고소와 재판에 익숙한 그들은 이런 부분을 아주 잘 알고 있다.

이번엔 독방이 있는 복도 쪽으로 몸을 틀었다. 자기 가족을 살해하고 자살 시도를 했다가 살아남은 남자가 독방에 앉아 TV를 보고 있다. 불과 얼마 전까지만 해도 자기 가족들과 거실에 앉아 TV를 봤을 텐데, 영문도 모른

채 세상을 떠난 그의 아이들은 내 아이와 또래였다. 나도 교도관이기 이전에 아이를 키우는 부모다. 자녀를 키우는 입장에서 끔찍하게 아동을 살해한 자들과 마주 보고 대화할 때, 내가 교도관임을 잊지 않으려 안간힘을 쓴다.

종교인과 철학자는 속세에서 벗어나 자신을 깎는 열반의 경지를 수행하지만, 교도관은 속세의 가장 한 가운데, 그것도 본능과 질투, 욕심, 갈등과 죽음의 냄새가 아직 손에 묻어있는 사람들에게 둘러싸여 수행 아닌 수행을 해야 한다. 내 속내를 드러내면 곧바로 사고로 이어진다. 뜨거운 열기를 걷어내고 고요한 내심을 유지하는 상태. 처음 교도관으로 임용됐을 때부터 지금까지 그 부분을 지키고 유지하는 것이 가장 어렵다.

그의 옆방에 수감되어 있는 사람도 상황은 별반 다르지 않다. 그는 두 돌 된 아기를 폭행해 살해하고 시신을 방치한 채 며칠간 친구들과 술을 마시고 돌아다니다 구속된 자다.

그들의 방에서 고개를 돌려 창살 밖 하늘을 바라보니

어느새 비는 그쳤다. 교도소 창살을 통해 들려오는 빗소리가 잠시 멈춘 그 공간에, 잠시 쉴 틈도 없이 고성을 지르는 사람들의 목소리가 새치기하듯 그 자리를 채웠다. 나는 어떻게 그들과 대화해야 할까. 교도소 복도 끝까지 늘어서 있는 독방에는 인간이 감당할 수 없는 사연들이 존재한다. 오늘도 나는 교도소의 방 앞을 걸으며 귀로 듣고, 철문에 손을 대보며 창살에 얼굴을 붙여 그들을 바라본다.

> 우리가 그 심연을 오랫동안 들여다본다면, 심연 또한 우리를 들여다보게 될 것이다.
>
> – 프리드리히 니체(Friedrich Nietzsche), 『선악의 저편』 –

그들과 나는 매일 서로를 마주 본다. 어떻게 그들을 마주해야 할지 아직도 확신이 서지 않는다. 다만 확실한 건 그들 역시 항상 자기를 바라보는 내 표정을 똑같이 들여다보고 있다는 것이다.

# 감정노동자

*사랑합니다, 고객님. 무엇을 도와드릴까요?*

오랜만에 대형 쇼핑몰에 들렀다. 회전문을 열고 들어서자 검정 유니폼을 입은 안내원이 자신의 정수리를 내보이며 내게 90도로 허리를 굽혔다. 한 치의 흐트러짐도 없는 자세로 안내를 이어가는 그의 입꼬리가 시종일관 내려올 생각을 하지 않는다. 과분한 응대에 몸 둘 바를 몰라 쭈뼛거리다 나도 허리를 굽혀 그에게 내 정수리를 선보였다. 조금은 춥게 느껴질 정도의 에어컨 바람에도 그의 모공을 삐져나온 땀방울이 이마에 흥건한 걸 보니, 조금이

나마 그의 고단함을 엿볼 수 있다.

얼마 전 뉴스에서 서비스업 종사자의 고충과 관련한 보도 내용을 본 적이 있다. 화면 속 앵커가 반은 웃고 있지만 반은 울고 있는 그림 옆에서 사회적 문제로 대두되고 있는 감정노동자의 현실을 소개했다. 감정노동이란 실제적 감정을 속이고 직업에 적합하다고 여겨지는 감정만 요구되는 노동이다. 사람의 감정까지 고용되어 돈으로 환산된다는 것이 영 마음에 내키지 않는다.

건물 곳곳에 붙어있는 '고객의 소리' 안내 표지와 끝까지 내려오지 않는 그의 입꼬리를 보고 있는 것이 마냥 마음이 편하지만은 않다. 그들의 고충이 남 일같이 느껴지지 않는다. '사람을 상대하는 일이 가장 어렵다'는 말처럼 그가 얼마나 고된 노동을 하는 것인지를 나도 잘 알고 있기 때문이다.

백화점에 '고객의 소리' 함이 곳곳에 비치되어 있는 것처럼, 교도소에도 '신고 함'이 곳곳에 비치되어 있다. 인권 침해를 당했는지, 또 누군가에게 폭행은 당하지 않았는지를 적어 내는 신고 함이다. 사실 내 이름 석 자도 하얀 종이에 적혀 이 네모난 박스에 투하된 적이 있다. 제공되어야 할 무언가가 자신에게 제공되지 않았다고 판단한 수용자가 내게 '컴플레인'을 걸어온 것이다.

- 내가 인터폰 눌러서 부른 게 언젠데, 왜 지금 오는 겁니까?

급한 업무를 마치고 도착한 방 창살에 얼굴을 붙인 한 남자가 나를 윽박지른다. 그의 뒤에 있는 다른 사람들은 '아이, 왜 그래. 자네가 참아'라는 말을 그의 뒤통수에 던진다. 날 호출한 그 남자의 호통보다 그 뒤에 있는 사람들이 툭 던지는 말이 내 심기를 더 차갑게 만든다. 그가 잠깐 고민하는 듯한 표정을 짓더니 대뜸 내 이름을 묻는다.

- 이름이 뭐예요? 공무원이 이렇게 불친절해도 되는 거예요?

직무태만이 아니냐며 열을 올리는 그가 진정서에 내 이름을 적는다. 공무원에게는 6대 의무가 존재한다. 친절의 의무를 어긴 나에게 이 사람은 철퇴를 내리고 싶은 모양이다. 그의 표정이 단호하다.

*대한민국 헌법 제7조 1항*

*공무원은 국민 전체에 대한 봉사자이며, 국민에 대하여 책임을 진다.*

헌법에 명시된 것처럼 공무원은 국민 전체에 대한 봉사자가 맞다. 사람을 살해한 자든 아니든 지금 내 앞에 있는 이 사람이 국민인 것도 맞다. 봉사라는 단어는 영어 명사로 'service'로 통역된다. 내가 그에게 제공해야 할 서비스가 마음에 들지 않는 건지, 아니면 오랫동안 나를 별러왔던 건지 잘 모르겠지만 그날 나의 이름은 신고 함 바닥에 안착했다.

나에게도 권한은 있다. 「형의 집행 및 수용자의 처우에 관한 법률」 제105조 3항에는 '수용자는 교도관의 직무상 지시에 복종하여야 한다'라고 명시되어 있다. 하지만 지금 이 사람이 직무상 지시에 불복한 것은 아니다. 복장은 흐트러짐 없이 단정히 입고 있었고 방바닥에 누워있거나 규율을 위반하고 있는 상태가 아니다. 더군다나 수용자와 교도관이 복도에 서서 서로 법률을 운운하며 언성을 높이는 것이 과연 옳은 일일까. 난 이곳에 수용된 100여 명의 요구사항이 적힌 서류를 처리해야 한다. 예상치 못한 일에 맞닥뜨릴 때마다 이러한 변수를 통제해야 한다. 그의 집요한 눈빛에 결국 난 발걸음을 옮길 수밖에 없었다.

언젠가 '수용자에게 존중과 사랑을 담은 선물', '넘치는 사랑으로 수용자의 마음에 다가간다'라는 기사를 본 적이 있다. 그때 난 왜 '수용자를 사랑으로 품는다'는 글귀에서 며칠 전 백화점 안내원이 나에게 건네었던 '사랑합니다, 고객님'이라는 말이 떠올랐을까?

교도관은 수백 명의 사람들과 마주하는 직업이다. 수도 없이 비상벨이 울리고 난동이나 고성이 들리는 공간. 심지어 요구를 들어주지 않으면 자기 신체를 씹어먹거나 협박이나 폭행이 돌아오는 곳. '도대체 얼마나 더 맞아야 합니까'라는 한 교도관의 익명 게시글에 마음이 내려앉는다. 많은 감정노동자가 그러하듯 나 또한 살인자를 마주하며 내 개인의 감정이 아닌 조직의 목표 달성을 위한 감정을 드러낼 수밖에 없다. 근로 감정이라 불러도 될까? 하지만 점점 굳어가는 표정과 지쳐가는 체력은 아무리 숨기려야 숨길 수가 없었다. 비가 온 뒤 땅이 단단해진다지만 사람의 마음은 다치고 다쳐도 더 단단해지지 않았다. 오히려 더 말랑해지고 더 약해졌다. 그저 무뎌지는 것만이 내가 이 일을 할 수 있는 유일한 방법인지, 나는 언제쯤 내 일에 대한 확신을 가지고 업무에 임할 수 있을지, 난 교도관으로서의 자격을 갖추지 못한 것인지, 그저 막연하고 답답한 마음을 솔직히 고해한다.

사람과 사람이 만나는 일, 마음과 마음이 맞닿는 일, 우리는 모두 '사람의 일'을 하고 있다. 사람 때문에 아프고 사람 때문에 웃는다. 그러다 문득 나라는 사람을 돌아봤을 때, 마음에 커다란 구멍이 있는 걸 우연히라도 발견한다면 스스로를 다독이고 웃으며 말해주자. 지금 당신의 마음이 아프다고 말해도 괜찮다고. 그리고 오늘도 이 시대를 살아가고 있는 모든 감정노동자에게 묻고 싶다.

지금, 당신의 감정은 안녕하십니까?

# 그 방의 벨 소리

난데없이 교도소 창살 너머 찢어지는 듯한 비명이 들려왔다. 어린아이의 목소리라고 하기엔 너무 크고, 성인 남성의 목소리라기엔 너무 얇다. 아니, 이것이 애초에 인간이 낼 수 있는 소리인지부터 확신이 서질 않는다.

처음엔 아기가 우는 소리라고 생각했다. 하지만 이 새벽에 아기가 혼자 교도소 주변에 앉아 울고 있을 리 없다. 새까만 밤이 더 진해진 칠흑 같은 새벽의 한가운데에서, 누군가의 피 끓는 절규 소리를 듣고 있으려니 누워있던 손등의 털이 벌떡 일어난다. 소리는 시간이 갈수록 점점 더 커지고 더 빨라졌다. 이 정도 크기의 소리라면 분명 나 말고도 들은 사람이 또 있을 것이다. 곧바로 수화기를 들어 통제실에 전화를 걸었다.

- 밖에 누가 계속 비명 지르는 거 같아요. 무슨 일 있는 거 아니에요?

- 아, 이거? 이거 그 소리잖아.

- 무슨 소리요?

- 고라니 짝짓기 소리

근처 산에서 내려온 고라니가 짝을 찾아 울부짖는 소리. 풀을 뜯어 먹던 온순한 짐승이 어떻게 이런 한 맺힌 소리를 낼 수 있을까. 귀신이 아닌 게 천만다행이라고 생각하고 있을 때, 이번엔 캄캄한 복도 저 한편에서 다른 누군가의 한 맺힌 절규가 들려왔다.

- 밖에 나가고 싶다! 살려줘!

새벽만 되면 창문에 대고 고성을 질러대는 이 남자. 사람과 짐승이 동시에 비명을 질러대는 탓에 괜히 내 심장이 빨라진다. 최근 매일 새벽 세 시만 되면 소리를 지르는 남자가 있다. 벌써 몇 번이나 주의를 줬지만, 그는 이 고성을 멈출 생각이 없어 보인다. 잠에서 깬 다른 방 사람들도 창살 앞으로 머리를 들이밀고 조용히 하라며 욕설로 응대한다.

- 여기서 나가게 해 주세요. 여기 귀신 들린 방이에요!

그는 방 화장실에서 누가 자꾸 자기 이름을 부른다며, 허벅지를 연속해서 손바닥으로 때렸다. 시선을 이리저리 돌리더니 손바닥을 벅벅 긁는다. 두서없이 휘젓고 있는 그의 양쪽 팔에는 수십 개의 주사 자국이 촘촘하다. 파란색 명찰, 금단증세라도 겪고 있는 건가. 마약사범 중에는 간혹 환영과 환청에 시달리고 급기야 정신을 놓는 사람들도 있다. 연속되는 그의 절규를 듣고 사무실에서 팀장님이 올라왔다.

- 방 옮기면 좀 괜찮겠어요? 이 사람 오늘 지급받은 약은 먹었나?

그는 정신과 의사에게 처방받은 향정신약을 복용하고 있다. 교도관은 특히 수면제, 우울증약 등의 정신적인 부분과 관련된 약은 실제 복용했는지까지 확인한다.

손바닥만 한 두께의 철문이 열리고 그가 옷을 주섬주섬 걸쳐 입는다. 이제는 시골에서조차 보기 힘든 하얀색 고무신을 자기 발 앞에 툭 떨어트린다. 수용자들에겐 고무신이 지급된다. 가끔 복도에 나열되어 있는 백여 켤레의 하얀색 고무신을 보고 있으면 왠지 모를 섬뜩한 기분이 들기도 한다. 방에 들어간 그는 늘어지게 스트레칭을 한번 하더니 이부자리를 폈다. 새로운 보금자리가 마음에 드는 모양이다.

- 네. 이제 목소리가 안 들리네요. 고맙습니다.

그는 언제 이 사달을 냈냐는 듯 머리를 대자마자 코를 골며 잠이 들었다.

그날로부터 이틀이 더 지나고 다시 그가 생활하는 곳에 투입됐다. 혹시 그 남자가 아직도 비명을 지르는지, 주변 방 사람들에게 물었다.

- 이제 저 사람 새벽에 소리 안 지르죠?

- 네, 저 사람 이제 조용해요.

그날 이후 그의 비명을 들은 사람은 없다고 한다. 그는 왜 그토록 악을 쓰며 소리를 질렀을까?

- 근데요. 교도관님. 저 사람 원래 멀쩡해요. 방 옮기고

싫어서 생소한 걸 거예요.

주변 사람들에게 얘기를 들어보니 원래 그 방은 변기도 자주 막히고 TV 고장이 빈번한 방이라고 한다. 교도소 건물이 오래되다 보니 시설물의 보수 요청은 하루도 빠지지 않는 단골손님이다. 그 남자는 이제 편안해 보인다. 벽에 기대 과자를 먹으며 TV를 보던 그가 지나가는 내 얼굴을 보며 묘한 웃음을 지어 보였다.

황당하다. 단순히 방을 옮기기 위해 그 난리를 피웠다니. 괘씸했지만 '뭐, 결국은 모두에게 잘된 건가'라는 생각도 들었다. 짝을 찾아 헤매던 산 고라니도 자신의 한을 풀었는지 오늘 새벽엔 더 이상 한 맺힌 절규가 교도소 담벼락 위를 넘나들지 않았다.

다시 찾아온 적막. 복도에 수용자들이 걸어놓은 옷가지들이 새벽바람에 살랑거린다. 마치 수업이 끝나고 모두가 집으로 돌아간, 불이 꺼져있는 학교 복도에 홀로 앉아있는 듯한 기분이다. 잠시 숨을 돌리며 커피믹스를 종이컵에 쏟아붓고 휘저으려는 찰나, 벽에 붙어있는 비상 경고 등이 번쩍이며 돌아갔다. 누군가 비상벨을 누른 것이다. 커피 한 잔의 여유도 용납할 수 없다는 듯 돌아가는 비상벨이 야속하다.

뛰어나가 도착한 17실. 그런데 뭔가 이상하다. 방에 아무도 없다는 '빈방'이라는 푯말이 철문 중앙에 붙어있다. 가만, 여긴 비명을 지르던 그 남자가 생활했던 그 방이 아니던가. 순간 오만가지 상상이 머릿속에 들어온다. 방 안을 확인해야 한다. 방의 등을 켜야 하는데, 켜야 하는데, 하면서도 쉽사리 손을 뻗지 못했다. 혹여나 이 세상에 존재하지 않는 것이 얼굴을 들이밀고 있는 것은 아닌지, 상상은 결국 몇 년 전 목격했던 화장실에 목을 매단 사람의 모습까지 불러들였다.

겨우 불을 켜고 방 안을 빠르게 훑었지만 특별한 건 발견하지 못했다. 일단 사람이 없는 것을 확인했으니 빨리 이곳을 떠나고 싶었다. 담당실을 향해 몸을 틀고 발을 떼려는 그 순간, 비어있는 그 방의 비상벨이 다시 깜빡이기 시작했다. 나는 뒤도 돌아보지 않고 담당실로 뛰어 들어갔고 자물쇠로 문을 걸어 잠갔다.

그의 말처럼 이 방에 정말 무슨 일이라도 있는 걸까? 반복되는 일상에 심신이 약해진 건지, 집에 가는 길에 자꾸 그 남자의 말이 생각났다. 다행히 새로운 비상벨로 교체한 후로 더 이상 이유 없는 경고 등은 깜빡이지 않았다. 만약 비명을 지르던 남자의 말처럼 그 방에 원혼이 정말 존재한다면, 누군가에 의해 억울하게 생을 마감한 사람들이 교도소를 떠나지 못하는 것이리라. 마음 한쪽이 꾹 누르듯 아려온다.

환청이 들린다는 남자, 고장 난 화장실과 TV, 눌려있는 비상벨, 혹시 한 맺힌 누군가, 살인의 죄를 저지른 이 사람들에게 무슨 말을 전하려 했던 것은 아니었을까.

# 죽음이 그리울 때

죽는 상상을 해본 적이 있다.

밤샘 근무를 끝마치고 집으로 돌아오는 길, 버스 정류장 의자에 앉아 아스팔트 바닥에 떨어지는 비를 한동안 바라봤다. 아스팔트 바닥에 떨어져 산산조각 나는 굵은 빗줄기에 시선을 뺏겨 정신을 반쯤 놓았을 때, 바람 빠지는 소리를 내며 버스의 문이 열렸다. 밤새 눌린 뒷머리를 쓸어내리며 삐져나온 러닝셔츠를 허리춤에 구겨 넣고 버스에 오른다.

발 디딜 틈 없는 버스 안, 흔들리는 손잡이를 잡고 떨어지는 고개를 들어 올리려 안간힘을 쓴다. 아침에 출근해서 아침에 끝나는 업무가 반복되다 보니 나도 모르는 사이에 수면 장애가 찾아왔다. 보통 출근하고 19시간 정도가 지나면 몸에서 비명을 지르는 듯하다. 앞으로 6시간만 더 있으면 25시간을 채워 하늘을 볼 수 있지만, 그사이에도 끊임없이 울리는 벨 소리, 고성이 오가는 사람들 틈에서 나도 모르게 어깨가 뻣뻣해지고 관자놀이에 가시가 박힌 듯 욱신거린다. 하루 종일 긴장한 탓에 온몸에 있는 피가 다 빠지는 기분이다. 그렇게 오늘 하루도 몸은 이미 잠들어있지만 뇌는 깨어있는 기분으로 집 현관문 버튼을 누른다.

최근 상담을 받았다. '이러다 정말 큰일 날 수도 있겠다'는 생각이 들어 상담을 신청했다. 임상과 상담을 전공한 박사님께 심리 치료를 의뢰했다. 우리 집 한 달 생활비에 맞먹는 비용에 멈칫했지만 아내의 적극적인 권유에 용기를 냈다. 예상보다 좋지 않게 나온 결과에 상담사의 표정과 말이 내리깔아진다. "규칙적인 수면과 긴장감을 내려놓는 연습이 필요해 보입니다"라고 말하는 박사님을 바라보며 "교도소에서 일하고 있습니다"고 대답했다. 순간

정적이 흘렀고, 어색하게 웃는 박사님은 더 이상 말을 잇지 못했다.

*지금 많이 힘드신가요? 주저 말고 연락하세요. 우리는 당신의 이야기를 기다리고 있습니다.*

복도 벽면 사이사이 수용자 자살 예방 슬로건이 부착되어 있다. 밤낮이 바뀌다 보니 어제도 수면제를 먹고 나서야 겨우 잠이 들었다. 언제 실핏줄이 터졌는지, 심리적 고통을 호소하는 수용자들이 쏟아내는 말을 듣고 있는 내 눈은 빨갛게 물들어간다. '나라의 녹을 먹는 교도관이 수용된 국민의 고통을 경청할 자세가 안 돼 있다'라며 돌을 던진다면, 솔직히 나에겐 그 질타에 반박할 수 있는 재간이 없다.

오늘도 100명의 사람들이 쇠창살 사이에 얼굴을 붙인 채로 나에게 무언가를 요구했고, 수면제의 약발이 떨어진지 얼마 되지 않았지만, 오늘도 난 25시간 근무해야 한다. 세상 밖에서는 주 52시간 근무, 근로자의 노동권 보장에 대한 논의가 치열하게 오가지만, 교도소의 담벼락은 세상의 그 어떤 것도 이 안에 들어오는 것을 용납할 수 없다는 듯 언제나 높고 견고했다.

어젯밤, 자살 기도를 한 수용자가 대학병원으로 호송됐다. 사람의 목이 그렇게 세게 조여질 수 있는지 그날 처음 알았다. 목에 매단 도구를 있는 힘껏 뜯어낼 때, 내 손은 사정없이 떨리고 있었다. 사람이 죽음을 선택하기까지 얼마나 많이 고민했을지……. 스스로 죽음이라는 선택을 한 그의 방을 몇 분간 그저 멍하니 서서 들여다보았다.

텅 빈 방에는 그가 쓰던 세면도구, 빵, 티브이와 화장실 변기만이 그 방을 채우고 있다. 아직 그가 사용하던 칫솔은 물기조차 마르지 않았다. 반쯤 쓰다만 반성문과 책갈피가 꽂힌 성경책을 빈 상자에 담으면서 착잡한 마음도 한편에 함께 담는다. 부모의 배 속에서부터 이루어진 위대한 생명의 탄생이지만 한 사람이 머물고 간 자리에는 그저 생존을 위한 몇몇 도구들만 덩그러니 놓여 있었다.

그는 70대의 노인이었다. 슈퍼에서 빵을 훔친다거나,

식당에서 밥을 먹고 돈을 지불하지 않는 일이 잦아지자 법원은 그 노인에게 20일의 교도소행을 선고했다. 그리고 그는 들어온 지 사흘 만에, 그러니까 17일의 출소일을 앞에 두고 목매달았다.

- 일단 숨은 붙어있지만, 의식은 없어요. 현재는 호흡기 달고 진행 경과를 지켜볼 수밖에 할 수 있는 게 없겠네요.

그의 생명은 꺼지지 않았지만, 의식이 돌아오긴 힘들 거라는 이야기를 들었다. 응급실에서 중환자실로 이동하는 엘리베이터 안에서 그 노인의 손바닥이 이불 밖으로 빠져나와 있었다. 70대 노인이지만 그간 얼마나 고된 일을 했는지 손바닥 군데군데 굳은살이 박여있었다. 그를 중환자실로 인계하고 잠시 숨을 돌리고 있을 때, 연락받은 그의 가족들이 찾아왔다.

- 도대체 교도소에서 사람 관리를 어떻게 한 거예요? 강제로 가둬놨으면 잘 지켜봤어야 할 거 아니야!

가족들은 언성을 높이면서 교도소를 대상으로 고소장을 제출하고 언론에 제보한다고 했다. 교도관인 나도 가족의 심정을 이해 못 할 바는 아니다. 그 어두운 교도소 안에서 자기 부모가 자살 시도를 했다는 소식을 들었을 때 자식의 입장에서 얼마나 참담할까. 이 일을 해야 하는 사람도, 피해를 당한 피해자도, 가해자의 가족도, 모두 '죄'의 무게 앞에서 고통받고 있었다. 이후 그 노인의 가족들은 교도소를 상대로 손해배상을 청구했다.

- 우리가 그 노인의 자살 기도를 막을 수 있지 않았을까요? 좀 더 세심히 살펴봤더라면…….

병원에서 우연히 봤던 그 노인의 손바닥에 박인 굳은살이 자꾸 생각났다.

- 자책하지 마. 교도관 한 명이 백 명 이상을 지켜보는데, 어떻게 모든 사람을 24시간 지켜보고 있을 수 있겠어. 우리가 신도 아닌데.

그리고 얼마나 시간이 지났을까. 법원이 교도소의 과실이 없다고 판단을 내렸을 때, 가족은 더 이상 노인을 찾아오지 않았다. 그의 출소일이 돌아왔을 때도 가족들은 그 노인을 인계받지 않았고, 연락도 두절됐다. 그러고 보면 그가 구속됐을 때부터 병원에 입원하기까지 단 한 번도 면회를 오지 않았다.

수용자의 자살을 예방하고 사고를 방지하기 위해 어떤 노력이 필요할까? 수용자를 건강하게 교정 교화시키라는 사명을 받은 교도관 개인 개인의 건강한 정신 무장만이 유일한 방법인가. 여기서 현실을 짚고 넘어가야겠다.

안타깝게도 그들을 계호 관리하는 교도관들의 마음이 위태롭다. 인력난에 허덕임, 과도한 근무 시간의 압박, 심지어 우울과 탈진, 외상 후 스트레스 장애, 수면 장애를 앓고 근무지에 투입되는 교도관이 늘어나고 있다. 열악한 근무 환경은 교도관을 '수용자를 계호하고 치료해야 할 사람'보다는 오히려 '심리적, 신체적 치료를 받아야 할 사람'으로 내몰고 있다. 이미 몸과 마음이 다 녹아 탈진을 호소하고 있는 사람이 타인의 말을 경청하고 그들의 행동을 예의 주시해 변화를 끌어내는 것이 가능할까?

예전에 어떤 독자분이 이런 서평을 남긴 것을 봤다.

*글을 읽어나갈수록 마음이 무겁습니다. 어쩌면 세상을 향*

*한 작가님의 외로운 외침일지도 모르겠어요. 인력이 충원되려면 예산이 필요하고, 예산이 충당되려면 어떤 것이 필요할까요.*

독자분의 글을 읽고 한동안 머리가 멍해졌다. 고정된 것은 쉽게 변화되지 않는다. 하지만 역사적으로 변화를 이끌어내는 것은 특별한 것이 아니었다. 한 번쯤 돌아보고 생각해보는 작은 관심, 그 관심에는 움직이지 않는 것을 움직이게 만드는 힘이 있다. 결국은 세상의 관심뿐이다. 어쩌면, 그분의 서평처럼 이 글은 누군가에게 호소하는 나의 외로운 외침일지도 모르겠다.

# 교도소 괴담

뙤약볕 내리쬐는 8월의 어느 날, 한 언론사 월간지 기자에게 전화가 걸려왔다.

- 귀신이요?
- 네. 혹시 교도소에서 근무하시면서 겪은 오싹했던 경험이 있으실까요?

기자는 뜬금없이 '교도소 괴담'에 대해 물었다. 여름이 돌아오자 폭염에 지쳐있는 사람들에게 전해줄 서늘한 이야기가 필요한 모양이다. 나 또한 여름이 되면 진득한 피가 낭자하고 무덤을 파헤치고 기어 나오는 좀비물을 보며 더위에 지친 심신을 달래곤 한다. 무섭고 피해야 할 공포라는 감정을 즐겨 찾는 사람들이 많다는 게 다소 아이러니하게 느껴질 수 있지만, 2시간 남짓한 러닝타임 동안 몰아붙이는 그 쫄깃함은 사람들의 쾌락을 자극하기에 충분했다.

현시대를 살아가는 사람들에게 이제 공포라는 감정은 오락거리 중 하나로 탈바꿈한 게 아닌가 싶다. 눈을 가리고 귀를 막으면서도 '공포'를 찾는 인간의 심리는 어찌 보면 두려움을 솔직하게 표현하지 못하는 우리들을 위한 훌륭한 대용품이다. 사회생활을 하면서 '나 지금 너무 무서워!'라고 자신의 약한 모습을 사방팔방 떠들고 싶은 사람은 몇 없을 테니 말이다.

내 귀에도 몇 가지 들려오는 소문은 있다. 교도소가 공동묘지 위에 지어져 원혼이 많다는 둥, 과거 삼청 교육대가 있던 자리에 교도소를 세웠다는 등의 확인되지 않은, 말 그대로 '소문'들이었다. 난 사실 귀신의 존재에 대해 그리 신뢰하는 편은 아니다. 교도관이 되고 교도소에서 하루의 대부분을 보내는 나에게 귀신이나 유령 같은 실체가 없는 것들은 큰 감흥을 주지 못한다.

퇴근 후 잠이 들었는데 새벽에 소변이 마려워 잠깐 잠에서 깼다고 치자. 내 눈앞에 눈이 시뻘건 귀신이 있는 것과 화장실 거울 앞에 살인죄를 저지른 수용자가 있는 것 중 어떤 것이 더 두려울까. 백번을 물어봐도 당연 후자다. 하지만 나에게 교도소 괴담에 대해 물어보는 사람들의 호기심은 이해가 간다. 사실 사람의 원한이 한곳에 모여있는 곳, 전 세계를 다 뒤져봐도 교도소보다 더한 곳이 또 있을까.

- 교도소 근무하기 무섭지 않으세요?

많은 사람이 내게 교도소에서 일하는 것이 무섭지 않냐고 묻는다. 사람을 살해하고 유린한 자들 틈 속에서 항상 부대껴 지내는 게 괜찮냐는 물음일 것이다. 처음 교도관으로 임용되고 이곳에 갇힌 사람들을 마주했을 때 난 내심 놀랐다. 그들은 내가 상상한 흉악범들의 모습과는 사뭇 달랐기 때문이다.

- 교도관님, 저 사람 조심하세요. 두 명 보낸 사람이에요.

- 보냈다니요?

- 사람 두 명을 죽여서 토막 낸 사람이에요. 뉴스에서 못

보셨어요?

한 중년 남성이 나에게 살갑게 인사하고 방으로 들어가자 옆방에 있는 수용자가 작은 목소리로 속삭였다. 그의 얘기를 듣고 생각해보니 그 중년 남성은 유독 피부가 하얬다. 마치 피가 통하지 않는 사람처럼. 그 얼굴로 사람을 살해했다고 생각하니 소름이 돋았다. 난 사무실로 들어와 방금 사람을 살해했다는 그의 인적 사항을 확인했다. 하지만 옆방 남자의 말과 달리 그 중년 남성의 죄명은 '절도'였다. 왜 나에게 이런 거짓말을 했을까. 뒤늦게 알았지만 두 명을 살해해 토막 낸 장본인은 나에게 속삭였던 옆방의 그 남자, 본인이었다.

가끔 그의 목소리와 숨소리가 내 귀에 들어왔던 게 떠올라 소름이 돋는다. 그러고 보니 나도 출근길에 그 살인 사건의 기사를 보며 댓글을 달았다. 부디 이 끔찍한 살인을 저지른 저 사람에게 '합당한' 처벌을 내려 달라고.

그날 이후 난 겉모습만 보고 그 사람의 속에 무엇이 들어있는지 판단하지 않기로 다짐했다. 처음엔 사람 사는 곳이 다 똑같다고 느꼈다. 하지만 내가 이곳에서 본 상당

수의 사람은 자신의 요구가 받아들여지지 않으면 폭력성을 내비쳤다. 내가 경험한 교도소는 보통 백여 명이 넘는 수용자들이 수감된 곳에 교도관 한 명이 투입된다. 무기는 지참할 수 없다. 내 몸을 지킬 수 있는 것은 유사시 도움을 청할 수 있는 손바닥만 한 작은 무전기, 그것이 내 생명줄이다.

한 번은 아는 선배 한 분이 수용자에게 폭행당했다는 소식을 들었다. 자신이 요구하는 약을 주지 않는다는 이유였다. 현장 교도관은 약을 처방할 수 없다. 수용자에게 약이 지급되려면 면허가 있는 의사의 처방이 있어야 한다. 선배는 결국 뇌진탕 진단을 받고 입원하게 됐다.

더 안타까운 건 빈자리의 안타까움을 느낄 틈도 없이 남은 교도관들이 그 자리를 메꿔야 한다는 것이다. 인력 충원은 요원하다. 아침에 출근해서 다음 날 아침에 퇴근하는 일이 잦아지니 교도소 귀신을 얘기하기 전에 내가 이곳의 지박령地縛靈이 된 건 아닌가라는 생각이 들 때가 있다. 심지어 근무 중에 폭행을 당하거나 질병에 걸려 요양이 필요한 사람이 눈치를 보며 쭈뼛댈 때, '왜 우리는 이렇게밖에 대우받지 못하는가?'에 대해 회의감이 들 때가 많다. 귀신은 모르겠다. 그저 이것이 교도소에서 내가 느낀 기이하거나 무서운 이야기다.

원한을 품은 피 칠갑한 귀신과 연쇄살인범이 나오는 공포영화. 전기톱으로 사람을 토막 내고 피를 뽑는 장면을 보며 우리는 공포와 긴장감, 그리고 이것이 실제 상황이 아니라는 데서 오는 안도감을 느낀다. 이것은 '절대적'으로 픽션이라는 것이 명백해야 비로소 오싹한 쾌감을 느낄 것이다. 하지만 이것들이 정말 허구만의 이야기일까? 현실엔 각본이 없다. 그리고 이곳은 교도소다. 교도소에서 일하고 있는 내가 이 부분에서 할 말은 이것뿐이다.

귀신이 무섭냐고? 글쎄, 나는 사람이 제일 무섭다.

# 개와 늑대의 시간

큰 사거리 낡은 건물을 끼고 우회전하니 내 시야에 교도소의 외벽이 작게 들어왔다. 요즘은 날마다 오가는 길 위에서 보이는 똑같은 풍경에 권태가 온 듯하다. 직장인에게 3, 6, 9년 간격으로 찾아온다는 그분께서 나에게도 온 것일까. 라디오 볼륨을 완전히 꺼버리고 과거의 후회됐던 일들을 떠올리던 그때, 뚝뚝 소리를 내며 비가 한두 방울 보닛 위로 깨지듯 떨어졌다. 옷깃을 추스르며 횡단보도로 쏟아져 나오는 사람들을 보며 신호 대기 시간 동안 눈에 인공 눈물을 집어넣었다.

무의미한 삶은 아니지만 요즘 들어 내 생활은 꽤 건조

하다. 우스갯소리를 조금 보태자면 한 달에 일고여덟 번씩 25시간 근무한다는 건, 그들이 아닌 내가 징역을 살고 있는 건 아닌지 헷갈리게 했다. 환기가 필요하다. 창문을 살짝 내리고 비 내음이 콧속으로 들어오자, 지금 이 가볍고 비릿한 내 속을 묵직하고 텁텁한 담배 한 모금으로 누르고 싶다는 생각만 가득했다.

빗물을 밀어내며 좌우로 흔들리는 와이퍼의 움직임을 보면서 마치 최면에 걸린 사람처럼 이상한 상상을 시작했다. 인간이길 포기한 사람들을 바라보며 엄지와 중지를 부딪쳐 딱 소리를 내면 펑 하고 이 세상에서 지워져 버리는 상상. 글쎄, 나도 상상 세계에서는 연쇄 살인마가 아닌가 싶다.

망상에 빠져버린 시간이 길어지니 뒤차의 클랙슨 소리가 사납다. 깊어져 가는 망상과 건조한 안구가 말해주듯 심신은 예전 같지 않고 내 바이오리듬은 요즘의 주식 차트와 크게 다르지 않다.

내 직장, 교도소에 도착했다. 교도소에 들어오자 비는

더 세차게 쏟아졌다. 주차를 하고 손을 닦으러 화장실에 들렀다가 교도소 화장실 벽에 붙어있는 문구를 한참 바라보았다.

*당신의 행동으로 내일 뉴스에 나온다면 가족들이 얼마나 힘들어할지 생각해보세요.*

보통 화장실엔 '머문 자리가 아름답습니다'라거나 '한 발짝 더 가까이'라는 글이 있지 않은가. 이 문구를 보니 내가 지금 교도소에 들어와 있다는 게 실감났다.

담당실 책상에 앉아 이메일을 확인하고 알아두어야 할 특이사항이 있는지 근무일지를 들춰보았다. 근무일지 사이에는 수용자들이 자신의 요구사항을 적어낸 보고문이 수북했다.

- 교도관님, 상담 요청합니다.

그 사람이 상담을 요청한 이유는 수용 생활에 대한 불편한 점들 때문이었다. 아무래도 다 큰 성인 남자 여러 명이 한 공간에 모여있기 때문에 불편한 점이 한두 가지가 아닐 것이다. 간단히 면담을 마치고 돌아서려는 찰나, 쓰다 만 반성문이 방바닥에 펼쳐져 있는 걸 보았다. 순간 궁금했다. 이 방 안에 정말 반성하는 사람들은 있는지, 교도소의 교화정책이 이 사람들에게 어떤 의미로 다가오는지 말이다.

- 반성하는 사람들이요? 글쎄요. 여긴 다 억울한 사람만 모여 있으니까요.

그 사람은 자기가 그동안 징역을 숱하게 오래 살았지만 반성하는 사람은 단 한 명도 보지 못했다고 했다. 그 얘기가 사실일 리 없겠지만 그런 얘기를 들은 것이 이번이 처음은 아니었다. 내가 만난 정말 많은 사람이 그와 같은 말을 했다는 것에 씁쓸한 마음이 들었다.

종종 교도소에 구속되는 것을 개의치 않는 사람들을 본다. 또 누군가는 사람은 고쳐 쓰는 게 아니라는 말을 한다. 사람은 변할까? 형벌의 목적에 대해선 의견이 분분하다. 사람을 해하였으니 당연히 그에 대한 강력한 응징을 통해 형벌의 위화력을 유지해야 한다는 의견과 교육과 치료를 통해 재사회화시켜 다시 사회의 일원으로 복귀시키는 것이 형벌의 목적이라고 주장하는 사람들이 있다. 사실 국제적으로 응보주의를 채택한 국가들보다 교육과 치료를 통한 교정주의를 택한 국가들의 재범률이 더 낮다는 지표들을 볼 수 있다.

하지만 여기에 현장 근무자로서 한마디 해야 할 것이 있다. 치료와 교육을 통한 교정주의로 갈 것이라면 그에 대한 시스템을 구축해야 한다는 말이다. 시설, 인력, 환경은 수십 년 전 구시대에 머물러 있으면서 사상과 이론만 선진 교정을 카피한다면 실제 교정 현장의 갈등은 더 심화되고, 수용자 교화의 원하는 결과는 나오지 않을 것이다. 그리고 그 결과의 영향은 고스란히 우리의 사회로 돌아가 사람들의 평범한 일상을 다시 위협할 것은 자명하다.

위급상황 발생 시, 산소마스크를 어린아이가 아닌 어른부터 먼저 착용 후, 어린아이가 착용할 수 있도록 부탁드립니다.

비행기를 타본 사람이라면 한 번쯤 들어봤을 기내 방

송이다. 왜 보호해야 할 어린아이 말고 어른에게 먼저 마스크를 쓰라고 하는 것일까. 그것은 바로 아이를 보호해야 할 어른이 한 명이라도 더 살아야 더 많은 어린아이를 돌볼 수 있기 때문이다. 교도소의 상황과 별반 다르지 않다. 하지만 교도관들의 산소마스크는 모두 '이미 다른 사람이 사용 중'이다.

프랑스 속담에 이런 말이 있다.

*L'heure entre chien et loup*

*개와 늑대의 시간*

빛과 어둠이 뒤섞인 시간엔 사물이 흐려지고 나에게 다가오는 저것이 날 지키려는 개인지, 날 해치러 오는 늑대인지 분간이 가지 않는다는 말이다. 오늘 내가 만난 살인자는 멀리 두고 경계해야 하는 존재일까, 가까이 두고 보호해야 하는 존재일까. 처벌일까, 교화일까.

어쩌면 나는 지금 '개와 늑대의 시간'을 보내고 있는 건 아닌지 모르겠다.

# - 제3장 -

# 교도소의 가을

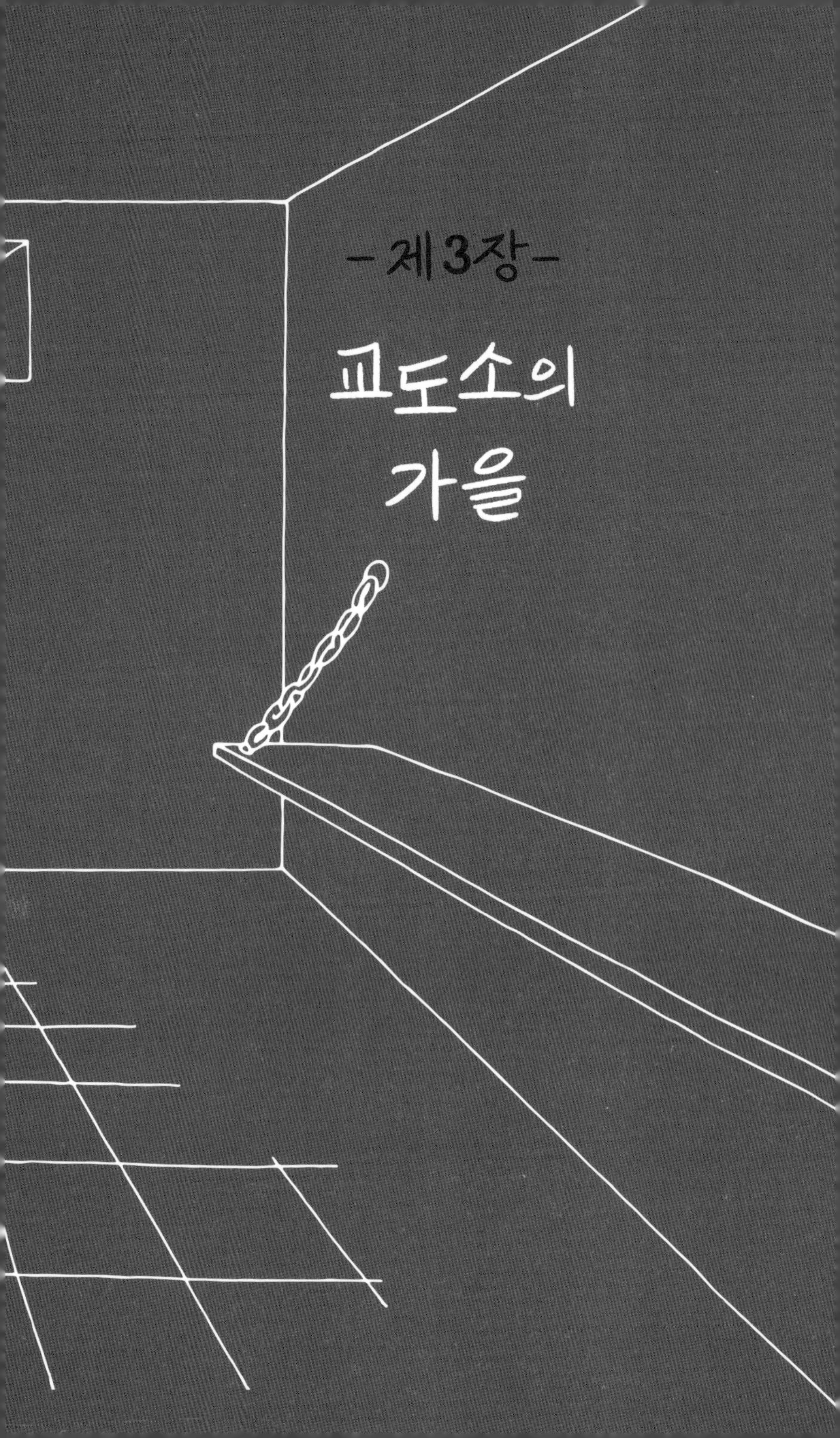

# 잡아들이는 일과 내보내는 일

황홀하리만치 아름다운 가을 하늘을 감상하며 '올 한 해도 거의 다 갔구나'라는 생각이 들 무렵, 대학원 마지막 학기가 시작됐다. 뜨겁게 달궈졌던 교도소의 창문도 살랑이는 가을바람을 반기듯 입을 활짝 열었다. 물론 이곳은 창문이 열린 자리에 서늘한 철창살이 그 촘촘한 이를 드러내는 곳이지만…….

가히 '불지옥'이라고 불릴 만큼 고통스러운 교도소의 여름이 지나고 드디어 가을이 도래한 것이다. 교도소 주차장 곳곳에 심어놓은 붉은 나무가 '어서 오세요. 여기서부터 교도소입니다'라며 반갑게 인사하듯 흔들린다.

아직 내리지 않은 차 안에서 가만히 보고 있노라면 출근할 때와 퇴근할 때 사람들의 표정은 사뭇 다르다. 다사다난했던 교도소의 일과를 끝마치고 가정으로 복귀할 사람들의 표정은 마치 성직자의 표정과 비슷해 보인다. 짐작은 했지만, 누군가의 생명을 앗아간 살인자와 대화하는 일은 그리 녹록하지 않았다. 가끔은 정말 '성직자가 아니고서야…… 아니, 성직자라고 해도 이 안에서 평정심을 유지한다는 게 가능할까?'라는 생각을 해본 적이 있을 정도로.

오늘은 퇴근길에 매일 오르던 고속도로에 오르지 않았다. 집으로 향하는 길의 정반대 방향인 고가 옆길로 운전대를 돌린다. 심리학 수업 시간이 가까워지자 내 마음도 바빠진다. 보조석에 얹어 놓은 '교정 시설의 심리치료가 출소 후 재범 방지에 미치는 영향'이란 제목의 과제를 들어 오늘 발표할 자료를 다시 한번 살펴본다. 준비한 자료에 몇 가지 심리치료와 재범의 상관관계에 대한 통계자료를 찾아 첨부했지만, 나 역시 궁금하다. 정말 무형의 존재인 사람의 마음을 들여다보고 어루만져 완치 판정을 내는 작업이 가능한 것인가. '사람은 변하는가'에 대한 논제를 가리는 일은 당대를 대표하는 철학자와 심리학자들 간에도 갑론을박이 벌어진다.

학교에 도착하자 예상치 못한 가을비가 추적추적 사람들의 얼굴에 떨어졌다. 가방을 머리에 이고 뛰어가는 사람들의 발걸음이 부산하다. '당기시오'라고 쓰여있는 유리문을 열고 건물에 들어섰다. 복지관, 심리상담센터, 구청, 학교 상담교사, 청소년 상담소 등에서 실무를 담당하는 대학원 동기들이 강의실에 앉아있다. 그리고 조금 전까지 교도소에서 살인자와 대화하고 온 교도관인 나까지. 한 명도 빠짐없이 출석한 것을 확인한 교수가 오늘 강의 주제를 큰 스크린에 띄운다.

*이상 심리학 – 반사회적 인격 장애란 무엇인가.*

*(사이코패스? 소시오패스?)*

최근 다른 사람의 권리를 침해하고, 충동적이며, 공감

능력이 결여된 사이코패스, 소시오패스라는 단어가 대중적으로 유명해졌다는 걸 체감할 수 있다. 교도소에서 수많은 살인자와 직접 대면하고 대화하다 보니 자연스럽게 이 주제에 관심을 갖게 된다. 사이코패스는 결과적으로 반사회적 인격 장애를 가지고 있는 사람을 가리키는데, 대략 인구의 2%, 교도소에서는 50~80%에 이르는 사람들이 반사회적 성격의 특성을 가진다고 한다. 오늘 하루, 난 몇 명의 사이코패스와 대화를 나눴을까?

가출 청소년에게 성매매를 강요하다 결국 사망에 이르게 한 소년수와 대화를 나눈 적이 있다. 그와 그의 공범들, 그리고 피해 여성까지 모두 가출 청소년 그룹으로 어울려 다니며 범행을 저지르다 결국 사람이 사망하는 일까지 벌어진 것이다.

- 그날의 일들, 후회되지 않아요?
- 후회되죠. 근데 이미 벌어진 일인데요. 뭐, 앞으로는 잘 살아야죠.

후회된다는 그의 답변에 더 이상 말을 잇지 못했다. 너무도 태연하게 '후회된다', '앞으로 잘 살겠다'라고 말하는 그 소년에게 더 이상 무슨 말을 해야 할지, 내 반응이 길을 잃고 헤맨다. 사람의 마음을 치료하는 일 만큼이나 '죄책감'이라는 사람의 마음을 가르치는 일도 중요하다고 느끼면서 난 그 소년을 방으로 안내하고 밖으로 나오지 못하도록 문을 걸어 잠갔다.

소년들의 재판이 진행됐을 때, 공범 소년수들의 부모가 방청석에 들어와 앉았다. 부모는 아이를 잘못 키운 자기 잘못을 반성하며 피해자에게 사죄하고 합의를 진행한다고 눈물로 고해한다. 소년들의 재판이 끝나고 구속자 대기실 문이 닫혔다. 소년들은 자기 부모가 돈을 지불해주고 대신 사과까지 해준다고 하니 기분이 좋은가 보다. 판사의 얼굴이 더 이상 보이지 않자 연신 하이 파이브를 하고 결국 잘될 거라며 서로의 어깨를 다독인다.

그런데 나와 대화하던 소년, 그 소년의 부모는 재판이 진행되는 동안 방청석에 참석하지 않았다. 그러고 보니 그 소년의 부모가 면회를 왔다는 소식도 들어보지 못했다. 그의 신상기록엔 부모의 이름과 나이, 연락처가 기재

되어 있었지만, 피해자 유족과 합의를 진행할 수 없다는 소년의 말을 듣고 부모와 자식 간에 의절한 게 아닌가 하는 생각까지 하게 됐다.

그로부터 한두 달이나 지났을까. 난 그 소년의 부모를 볼 수 있었다. 소년의 부모는 모두 하늘색 수의를 입고 있었다. 그들은 이미 수년 전 모두 구속된 상태였다. 도대체 이 소년은 어떤 환경에서 자라고 얼마나 방치되어 있었을까. 생각해봐야 할 건 이 소년수들은 모두 이십 대 중반의 나이면 다시 우리 사회로 돌아간다는 사실이다.

심리학에서는 대상자의 성장과정에 집중한다. 방치, 결핍, 가정의 해체, 학대 등 대상자의 이상행동 원인을 파악하고 상담과 약물복용을 동반한 치료 과정에 돌입한다.

교정 시설에서도 형을 집행하는 동안 지정된 대상자들에게 심리치료가 동반된다. 이 소년은 성인이 되기도 전에 이미 교도소에 들어왔다. 실제 교도소 안에서 사람을 살해한 사람들이 어떻게 생활하는지를 직접 목격하며 경험했다. 교도소 생활을 경험한 이 소년은 출소 후 과연 교도소라는 공간을 '절대 다시는 들어오고 싶지 않은 끔찍한 곳'으로 생각할까. 아니면 '교도소는 자유를 제한당한 채로 치료를 받는 곳'으로 받아들일까. 난 항상 궁금했다. 어떤 게 맞는 걸까?

이곳의 물리적 위치는 분명 지상이지만 지하 깊숙이 내려온 것처럼 깊고 어둡게 느껴진다. 사망한 피해자와 유족들, 교도소에 구속된 소년, 그리고 이미 구속되어 있는 소년의 부모. 세상을 덮을 만큼 큰 고통이 그들의 굴레에 엉켜있다. 하지만 세상은 그럼에도 불구하고 멈추거나 삐걱대지 않았다. 무슨 일이 있었냐는 듯 하루가 가고 또 다른 하루가 온다. 누군가의 인생을 휩쓴 이 끔찍한 사연도 사람들의 기억에서 점차 사그라든다. '이렇게 끝날 만큼 작은 일이 아닌데……' 하면서도 결국 나 또한 하루를 살아가는 버거움에 그들을 잊고 말 것이다.

이제 피해자는 이 세상에 없고, 죄의 심판이 끝난 자리에 이 소년만 덩그러니 남아있다. 그리고 이 소년은 결국 출소 후 여러분이 살고 있는 지역 어딘가에 거주하며 마트나 산책로에서 우리들의 옷깃을 스쳐 지나갈 것이다.

소년은 교도소를 어떤 모습으로 기억하며 다시 사회로 돌아가게 될까.

소년의 얼굴이 생각난다. 항상 해맑게 웃던 그 소년의 표정. 그 웃음의 의미가 '새로운 삶에 대한 희망'일지, '죄책감 결여와 무뎌진 공감 능력'일지, 솔직히 나도 잘 모르겠다. 아무리 사람의 심리를 들여다보는 학문이 발달한들 정말 죄를 뉘우치고 변화했을지는 오직 그 소년, 자기 자신만이 알고 있지 않을까. 분명한 건 그 소년은 결국 당신과 나, 우리의 이웃으로 돌아온다는 사실에는 변함이 없다.

# 여죄

오후 5시나 되었을까.

교도소 창살 너머에 조금 이른 어둠이 찾아들었다. 이 어둠은 높은 담벼락 아래 불긋했던 땅 그늘을 완전한 검정으로 물들였다. 가을은 하늘이 높아지고 술과 떡을 빚어 추수의 기쁨을 맞이하는 축제의 계절이지만 산 중턱에 위치한 교도소의 가을에는 비에 젖은 낙엽만이 쓸쓸히 바닥에 내려앉았다.

진하게 내리쬐는 열기는 어느샌가 증발해 온데간데없고 한산한 분위기가 교도소 담벼락 위에 스며든다. 이제는 밤공기가 제법 차갑다. 빛이 떠 있는 시간은 짧아지고 어둠이 내려앉은 시간이 길어진다. 하루 중 어둠이 내려앉은 시간이 더 긴 이 계절의 풍경은 어찌 보면 캄캄한 철창 아래 놓여있는 참혹한 사연들과 많이 닮아있다.

- 교도관님, 고생 많으세요.

교도소 복도를 치약 푼 물을 뿌려 손걸레로 열심히 닦고 있는 한 수용자가 옷깃으로 땀을 닦으며 내게 생수 한 통을 건넨다. 쪼그려 앉아 복도 한 구역, 한 구역의 바닥에 코가 닿을 정도로 가까이 얼굴을 대고 바닥의 얼룩을 닦아내고 있다. 목에 건 수건으로 이마를 훔치는 그의 쪼그려 앉은 뒷모습에 엉덩이골이 훤히 드러나 보인다. 자신의 행색에 개의치 않고 바짝 엎드려있는 그의 뒷모습을 바라보고 있으려니 괜스레 안쓰러운 마음이 든다.

- 마대 걸레로 청소해도 되는데…… 이만하면 깨끗하네요.
- 아니에요. 교도관님. 묵은 얼룩들은 손으로 닦아야 깨끗이 지워져요.

그는 손걸레를 비틀어 물기를 짜내고는 다시 바짝 엎드려 바닥을 닦기 시작했다. 얼마 전 민족 대명절을 보내고 전반적으로 구역을 깨끗하게 유지, 정돈하라는 전달사항이 내려왔다. 추석에 가족을 보지 못하고 갇혀있는 이들의 침울하고 뒤숭숭한 분위기를 상쇄하려는 의도일까. 교도소의 모든 창문을 열어젖히자 가을 하늘의 공기가 우리 모두의 콧속에 스며들었다. 바닥에서 치약의 방부제 냄새까지 더해지니 쾌쾌했던 코가 뻥하고 뚫리는 기분이다.

- 열심히 일하는 모습 보기 좋네요. 고생했어요.
- 별말씀을요. 언제든지 청소가 필요하면 저한테 얘기해 주세요. 조금이라도 보탬이 되고 싶어서요.
- 지금도 충분히 잘해주고 있어요. 그나저나 이번 추석에 가족들은 면회하러 왔어요?

가족 얘기가 나오자 그의 표정이 어두워졌다. 양가 부모님은 모두 일찍 돌아가셨고, 첫째 아이는 여섯 살, 둘째는 현재 임신 중이라고 한다. 문제는 전세자금 대출과 신용카드 결제금을 갚지 못해 신용불량이 되었고, 전셋집은 다음 달에 빼줘야 하는 상황이라고 한다. 첫째를 업고 임신한 아내가 일을 할 수도 없는 노릇이라며 당장 임신한 아내와 어린아이가 결국 거리에서 노숙하게 되는 건 아닌지, 사정을 말하는 그의 눈가가 붉어진다. 그의 얘기에 나는 아무런 대답을 하지 못했다. 그의 가족들이 처한 어려움에 대한 해결책은 제도적으로 해결되야 할 문제이지 내가 하는 몇 마디 위로의 말은 그에게 실질적 도움이 되진 못할 것이다. 죄의 무게는 때론 아무것도 모르는 여섯 살짜리 아이와 임산부의 어깨에 내려앉기도 한다.

다음 날 아침, 밤을 꼬박 새우고 퇴근 준비를 하려는 내 담당실 책상 위 전화기가 요란하게 울렸다. 팀장님의 전화였다. 청소를 도맡아 하던 그 수용자의 수용 생활 태도나 행실은 어떤지 물어보는 전화였다.

- 그 사람 굉장히 성실해요. 사회에 나가도 성실해서 잘 해 나갈 거 같은 사람이에요.

순간 가석방 대상자에 대한 얘기일 수도 있다는 생각이 들었다. 나는 그를 오랫동안 알던 사람인 양 상기된 목소리로 칭찬하기 시작했다. 내 눈앞에서 이토록 땀 흘려 교도소 바닥을 닦는 사람에게, 또 사회에서 홀몸으로 고생하고 있을 그의 가족에게 작은 도움이라도 주고 싶었던 모양이다. 그 사람뿐만 아니라 이곳에 있는 대다수 사람은 결국 사회로 돌아가게 된다.

모든 걸 포기하고 싶을 만큼 사람이 궁지에 몰리면 자포자기의 심정으로 다시 그 공격성을 드러내게 될지도 모른다. 지금 이 사람이 인간다움을 포기하지 않고 살아가려는 원동력은 바로 '가족'이다. 되도록 가족이 그를 포기하기 전에, 더 이상 돌이킬 수 없을 만큼의 시간이 흘러버리기 전에 가족의 품으로 돌아가는 것이 그가 '인간다움'을 유지할 수 있는 제일 중요한 방안이라고 생각했다.

그 이후 시간이 얼마나 흘렀을까. 여느 때와 같이 출근 지문을 찍고 근무지에 들어왔을 때, 그의 모습은 보이지 않았다. 책상엔 그가 내게 남겨놓은 편지 한 통이 올려져 있었다. 편지 봉투를 뜯어 정성껏 눌러쓴 그의 글씨를 읽어 내려갔다. 가석방 대상자가 되어 출소하게 되었고, 그동안 고마웠다는 내용의 편지였다.

그가 세상으로 돌아가고 1년이 채 안 됐을 때 구속된

수용자 한 명을 조사하러 지역 형사 두 명이 교도소를 찾아왔다. 해결되지 않는 사건에 대한 추가 수사를 하러 온 모양이다. 몇 차례 형사들과 인사를 나눴던 터라, 조사가 끝나고 그 형사들과 나는 커피믹스를 마시며 이런저런 얘기를 하게 됐다. 당시 검수완박에 대한 현장 경찰들의 입장, 인권 중심 수용문화에 대한 교도관의 이야기를 나누며 현장 공무원의 고충에 대해 사실적인 이야기를 나눠볼 수 있었다. 그들이 검거한 사람들이 교도소에 들어오다 보니 역시 수용자들에 대한 이야기도 빠지지 않았다.

- 아, 맞다. 교도관님, 그 사람 기억하시죠? 얼마 전 출소한 사람.
- 기억하죠. 그 사람 참 성실했어요. 지금쯤 잘살고 있겠죠.
- 그게 사실은…… 그 사람 여죄가 있었나 봐요.
- 여죄요?
- 몇 년 전 뉴스에 나왔던 빌라 주부 강간 사건 아시죠?
- 그거 이 지역에서 벌어진 일이라 잘 알죠. 설마……
- DNA가 일치한다고 나왔어요.

믿어지지 않았다. 임신한 아내가 있다고 울먹이던 그

남자, 땀을 닦으며 나에게 물을 건네던 그 남자가 정말 그런 짓을 저질렀다고? 하지만 그날 저녁, 그의 얼굴이 언론을 통해 공개됐다. 얼마 후 그가 고개를 푹 숙인 채 내 앞에 다시 나타났다. 철문을 사이에 두고 마주 섰을 때 우리는 서로 아는 척하지 않았다. 한 여성의 삶을 송두리째 앗아간 그는 정말 새로운 사람이 되고 싶었던 것일까. 아니면 단순히 가석방을 위한 계산된 행동이었을까. 무표정하게 자신을 바라보는 내 눈을 보며 그가 한숨을 내리쉬었다.

- 기억이 안 나요. 이게 다 술 때문에……

그는 끝까지 자기 잘못이라는 얘기는 하지 않았다.

그날은 유독 가을 하늘이 쓸쓸하게 느껴졌다. 사람을 믿는 것이 이렇게나 쓸쓸한 일인지, 교도소의 철망 사이사이에 끼어 있는 마른 낙엽들처럼 내 믿음 또한 위태롭다. 현자들은 말한다. 믿음이 있으면 태산조차 옮길 수 있다고. 하지만 이런 날은 태산은커녕 작은 돌멩이 하나 옮기는 일조차도 힘에 겹다.

*교도관님, 안녕하세요. 교도관님 얼굴을 못 보고 가서 죄송하네요. 그동안 좋은 말씀 해주셔서 고마웠습니다. 나가서는 아내와 첫째, 곧 태어날 둘째 생각하면서 열심히 살아보려 합니다. 고깃집에서 일을 시작하게 될 것 같아요. 언제 한번 고기 먹으러 오세요. 그동안 감사했습니다.*

# 교도소를 읽다

글을 쓰기 시작했다.

언젠가 한 번쯤 내 인생의 한 장면을 책으로 남기고 싶다고 생각해본 적이 있다. 나뿐만 아니라 자신이 살아온 발자취를 잘 다듬어진 책으로 출간하는 일은 많은 사람의 버킷리스트 중 한 줄을 차지하고 있다. 평소 자주 들리던 대형서점 진열대에서 내가 쓴 책을 들고 펼쳐볼 때의 그 감동은 평생 잊히지 않을 것이다.

이처럼 많은 이들의 마음을 사로잡는 '글쓰기'라는 행위가 어느 날, 내 삶에도 조용히 스며들었다. 처음엔 '무슨 내용을 써야 할까?'라는 생각에 빈 모니터 화면만 하염없이 바라봤다. 사람들이 내 이야기를 궁금해할까? 그저 일면식도 없는 '나'라는 사람의 일기를 비용을 지불하고 읽어야 할 이유가 있을까? 사람들의 공감을 일으킬 만한 대단한 업적을 행한 적도 없다. 15인치 모니터 속 하얀색 화면이 운동장처럼 넓게 느껴졌다. 무엇을 써야 할까. 한동안 내 출근길은 이런 고뇌로 가득 차 있었다.

- 교도소 이야기?

직장 선배에게 요즘 나의 고민을 얘기했다. 교도소 이야기를 한 번 써보고 싶다는 말을 들은 선배가 난색을 보였다. 공무원 조직은 상당히 보수적이다. 그런데 그중에서도 '교도소'라는 조직이라니. 대략 상상이 가시리라 생각한다. 그런 조직에서 일하는 사람이 글을 쓴다고? 여행을 다녀온 소감을 쓴다던가, 요리하는 방법이 들어있는 책이 아닌 '교도소'의 이야기를 쓴다는 것에 대한 염려를 드러내는 것이다.

- 사람들이 교도소 이야기를 궁금해할까? 글쎄, 난 좀 회의적이야.

선배는 교도관이 현재 처한 현실에 대해 얘기했다. 사실 교도관들의 인권이 수십 년 전에 멈춰있는 가장 큰 이유가 바로 세상의 '무관심'이다. 세상은 빠르게 변해갔고 근로자, 노동권 보장 이슈가 테이블 위에 올라갔다.

선거철이 되거나 큰 사건이 있을 때마다 의회나 정부에서는 위험한 일을 하는 현장 공무원들의 목소리를 대변했지만, 제복 공무원들의 근무 환경 개선과 인력 충원을 향한 목소리에는 언제나 '교도관'이라는 세 글자는 포함되지 못했다. 세상이 교도소의 이야기를 궁금해했다면 지금 교도관의 처우가 이 상황이 됐겠느냐고 말하는 선배의 말에 기운이 빠졌다.

- 저는 수용자들의 이야기가 아닌, 교도관의 이야기를 해보고 싶어요.

세상은 항상 수용자들의 이야기를 궁금해했다. 세상을 떠들썩하게 만든 수용자들의 생활은 어떤지, 어떤 생각을 하고 있는지, 또 인권침해를 당하고 있진 않은지, 그렇게 세상은 꾸준히 카메라와 마이크를 교도소를 향해 내밀었다. 반면 교도관의 이야기가 사람들의 공감을 일으킬지에 대해서는 다소 회의적인 의견이 많았다.

아이가 잠자리에 들고 한두 시간을 투자해 내 생각과 교도소에서 일어나는 일들을 조금씩 메모하기 시작했다. 그렇게 A4용지 10쪽 정도의 글을 적었을 때쯤, 출판사에 투고해볼까 하는 생각을 했다. 혹자는 얘기했다. 자신이 하려는 이야기가 정말 세상에 들려줄 만한 이야기인지 궁금하면 그 판단을 출판사에 맡겨보라고. 출판사는 자선사업소가 아니다. 글이 독자들에게 다가갈 수 있는지를 판단하는 곳이다. 나는 곧바로 내가 쓰려는 글이 어떤 내용이고 왜 이 글을 쓰려고 하는지에 대한 '기획서'를 작성했다.

*사실 교도관은 세상 그 어떤 직업보다 범죄자를 가장 가까이에서 들여다보는 직업입니다. 교도관은 그들의 심리에 대해 분석하고 분류하죠. 그들의 말투, 행동, 생활양식, 심지어 식습관까지 가장 가까이에서 들여다보고 연구하는 세상 유일한 직업입니다. 저는 교도관의 이야기를 세상에*

*들려주고 싶고 충분히 사람들의 공감을 끌어 낼 수 있다고 믿고 있습니다.*

기획서를 작성하고 몇 군데 출판사에 메일을 보냈다. '이렇게 보내는 게 맞나'라는 생각으로 보낸 메일들을 다시 확인하고 있을 때, 한 출판사에서 답변이 왔다.

- 교도관 이야기, 사람들이 궁금해할 거 같은데요. 한번 만나 뵙고 이야기 나눠보고 싶어요.

기획서를 보낸 지 한 시간도 안 됐는데 출판사에서 답장메일이 도착했다. 처음엔 누가 나에게 장난 메일을 보낸 게 아닌가 싶었다. 출판사와 미팅이 잡힌 것이다. 이후 보냈던 출판사들 몇 군데에서도 미팅 제안이 왔다. 또 '교도관 이야기'가 대한민국 작가들이 활동하는 어느 사이트에서 '대상 후보작'으로 선정됐다는 연락도 받았다.

이후 나는 담담하게 글을 써 가기 시작했다. 하지만 내가 쓰려는 글은 개인적인 취미에 대한 이야기도 아니고, 정보를 전달하는 자기계발서도 아니다. 부정하고 싶지만 분명히 존재하는 우리 사회의 단상, 민감할 수 있는 부분을 건드릴 수밖에 없는 주제에 하루하루 고민이 깊어졌다. 혹시 내 개인적인 시선이 교도관 전체를 대변하는 것처럼 보이진 않을까 하는 고민에 잠이 오질 않았다. 그래도 계속해서 썼다. 난 믿음을 가지고 있었다. 분명 교도관의 이야기에 사람들이 관심을 가져줄 것이라고.

매일 새벽, 두 시간씩 일찍 일어나 교도관으로 일하면서의 어려움, 갈등, 가치관의 혼란, 내 내면의 이야기를 솔직하게 썼다. 그렇게 교도관의 시선으로 써 내려간 글자들이 하나둘씩 모이더니 어느새 백여 페이지의 분량이 채워졌다. 매일 반복되는 교도관 업무와 스쳐 지나가는 일들을 글자로 재배치하는 과정은 괴롭기도 하고 반대로 즐겁기도 했다.

고되고 불안했던 업무를 다시 상기할 때는 마음이 무거워 한 줄을 넘기기 힘들었지만, 동료들과 함께 교도관 업무를 하며 서로 힘을 내어주는 일에 대해서 쓸 때는 즐거웠다. '글을 쓰는 일은 인생을 두 번 사는 것이다'라는 말처럼 난 글을 통해 교도관으로 일했던 그때의 장면들을 다시 돌아보고 생생하게 머릿속에 떠올릴 수 있었다.

책이 출간됐다는 소식을 듣고 아이와 함께 대형서점으로 향했다. 아빠가 쓴 책을 들고 '우와!'라고 말하는 아이의 표정이 내게는 가장 큰 상이었다. 이후 뉴스에서 교도관의 이야기가 소개됐고 언론사 인터뷰와 신문에 기사가 실렸다. 방송 출연은 고민 끝에 고사했지만, 드라마 제작사에서도 '교도관 이야기'를 검토하고 싶다는 연락을 받았다. 엄청난 베스트셀러가 된 것은 아니지만 한두 차례 증쇄를 찍는다는 소식도 전해 받았다.

그러던 중, 책을 읽고 서평을 써주신 분들의 글을 읽어가는데, 점점 눈시울이 붉게 달아올랐다.

*한 번도 교도관님들에 대해 생각해본 적이 없었는데…… 이렇게 힘들게 근무하고 계셨는지 몰랐습니다. 피해와 가해의 사이에서 갈등하고 고뇌하는 모습은 영화나 드라마의 그 어떤 모습보다 멋있었습니다. 부디 교도관님들의 열악한 근무 환경이 개선되길, 그들의 안전을 위한 제도가 마련되길, 전국의 모든 교도관님. 존경합니다.*

정말 많은 분이 '교도관의 이야기'를 읽으며 같이 웃기도 하고 또 분노하고 슬퍼하며 공감해주셨다. 글은 본래 상대방에게 정보를 전달하고 어떤 가치를 전해주는 것이지만 오히려 난 책을 읽어주신 사람들의 답글에 깊은 위로를 받았다. '우리의 이야기를 들려줘서 고맙습니다'라는 마음을 전해주신 선후배, 동료 교도관들의 마음에 솔직히 눈물도 많이 흘렸다.

난 이 글을 읽는 여러분께도 글을 써보시라고 권하고 싶다. 당신의 삶은 어떠한 이야기로 가득할까. 당신의 이야기가 궁금하다. 호기심 가득한 마음으로 첫 페이지를 열고 공감하며 마지막 페이지까지 정성껏 밑줄을 그어가며 정독하고 싶다. 당신의 하루는 어떤 챕터로 구성되어 있을지, 당신의 글에는 또 어떠한 세계가 들어있을지, 오늘 밤 침대 머리맡에 두고 고이 간직하여 꺼내 읽고 싶다.

# 갇힌 남자

일단 이곳을 벗어나야 한다.

처음엔 눈알이 간질간질하더니 어깨뼈 마디가 분해돼 공중에 뜬 느낌이다. 마취된 것 같은 피부밑 명치 부분에 벌레 한 마리가 휘젓고 다니는 것 같다. 발가락에 힘이 들어간다. 말로 설명하기 어려운 느낌. 급기야 심장이 요동치고 숨이 막혀오기 시작한다.

다시 찾아온 공황에 등판 한구석에 흐르는 식은땀마저 얼어붙은 느낌이다. 갑자기 배에 힘을 주고 목을 꺾으며 얼굴을 심하게 찡그리는 내 모습을 본 미용사가 깜짝 놀라 가위질을 멈춘다. 하지만 이렇게 몸에 힘을 주지 않으면 내 몸이 산산조각이 나 공중으로 분해될 것만 같았다.

- 손님. 괜…… 찮으세요?

그녀가 놀란 눈을 뜨고 거울에 비친 내 얼굴을 쳐다본다. 나도 지금 이게 무슨 상황인지 정리가 되지 않는다. 토요일 아침, 미용실의 오픈 시간을 확인하고 길을 나섰다. 머리를 자르고 아이와 대형 쇼핑몰에 놀러 갈 예정이었다. 미용사는 '머리 자른 지는 얼마나 됐어요?', '요즘은 이런 스타일이 유행이에요'라는 말을 건네며 커다란 천을 내 목에 감았다. 그리고 눈썹 위로 붙이는 마스크 캡을 붙였다. 여느 때와 다른 건 없다. 손질을 마치면 샴푸하고 개운한 기분을 느끼며 돈을 지불하면 될 일이다.

그런데 오늘, 이 단조롭고 평범한 일상의 룰이 깨졌다. 난 머리 손질 도중 갑자기 자리에서 일어나 버렸고, 이 미용실에 온 손님들과 다른 미용사들 전부가 숨을 몰아쉬는 나를 놀란 눈으로 쳐다보고 있었다.

- 죄송해요…… 갑자기 숨이 안 쉬어져서……

미용사는 급히 종이컵에 물을 한 컵 받아 건넸다. 난 물을 건네 받아 벌컥 들이키고는 목에 걸쳐있는 천과 캡을 떼어냈다. 다행히 점점 숨은 돌아오고 있었지만, 이제는 민망함에 정신이 혼미하다. 그동안 살면서 한 번도 이런 경험을 해본 적이 없다. 하지만 몇 달 전 '그날들'을 경험한 이후로는 종종 내 몸을 움직일 수 없다는 생각이 들 때면 다시 이 증상이 찾아왔다. 몇 달 전 그날, 난 처음으로 이 증상을 경험했고 '이러다 숨이 막혀 죽을 수도 있겠다'고 생각했다.

그날은 춥지도 덥지도 않은 날이었다. 머리카락을 스쳐 지나가는 가을바람에 저절로 기분이 좋아지는 그런 날. 하지만 교도소에 발을 들이는 그 순간에도 이런 기분이 유지될 거란 생각은 큰 오산이었다. 이제는 좀 잠잠해지나 싶었던 코로나바이러스가 다시 교도소의 철문 사이사이를 지나 사람들의 콧속으로 들어왔다. 코로나바이러스 확진자가 늘어나자 교도소는 그들을 따로 격리 수용할 '격리 구역'을 만들었다.

- 저녁 9시에 수용자들 잘 자는지까지 확인하고 내려오면 돼요.

어린 자녀가 있다 보니 그동안 우리 가족은 사람이 많은 공간은 최대한 피해 다녔다. 여행은 물론이고 처음엔 대형마트에서 장 보는 것도 부담돼 배달시켰다. 매일 두세 번씩 알리는 문자 메시지도 내 부담을 가중시켰다. 사람이 많은 곳에 출입해 방역 수칙을 어기고 코로나에 확진되면 징계 처벌될 수 있다는 내용이었다.

그날 아침 난 아침 9시에서 저녁 9시, 그러니까 12시간 동안 확진자들과 같이 있으면 된다는 얘기만 전해 듣고 급하게 근무지로 투입됐다. level-d 방역복을 신발에서부터 눈썹 위까지 덮어씌우고 얼굴을 가리는 페이스 실드를 착용했다. 방역 장갑 두 장까지 손에 끼자 뭔가 내 몸에 맞지 않은 이물질이 온몸에 덕지덕지 붙어있는 느낌이다. 방역복을 입고 비대해진 체형에 걸음걸이가 어색하다.

격리 구역에 도착하니 감염자 수십 명이 수감되어 있다. 그들은 마스크를 쓰고 있지 않았다. 되도록 마스크를 착용해달라고 부탁하는 내 목소리가 가련하다. 어차피 이곳에서 모여 생활하면서 식사할 때 마스크를 벗고, 잘 때도 마스크를 벗는데, 평상시에 마스크를 쓰는 게 무슨 의미가 있냐는 대답만 돌아온다. 여기저기서 기침 소리가 들려온다. 굳이 복도를 지나가는 나를 향해 침방울을 튀길 필요가 있을까, 이대로 집에 들어가도 될까? 문제는 이 근무를 한 달 동안 유지해야 한다는 것이었다. 어쨌든 오늘 이 한 벌의 방역복이 내 12시간을 보호해줄 유일한 동아줄이다.

- 저 죽으면 책임질 거예요? 어떡하실 거예요.
- 아픈 사람을 이렇게 가둬두면 어떡해요. 입원시켜 주세요!

계속해서 울려대는 비상벨. 그들의 분노는 나를 향했다. 문을 두드리는가 하면 창문에 대고 고함을 질렀다. 심지어 복도에 침을 뱉는 사람도 있다. 하지만 코로나 확진자의 몸을 묶고 수갑을 채울 수 있을까. 그러다 증상이 악화되면? 게다가 규율위반자들을 제압하고 장비를 채울 만한 인력도 없다. 이곳에 근무자는 오직 나 한 명이다. 무슨 일이라도 생기면 그 일차적 책임은 담당 근무자인 내가 오롯이 감당해야 한다. 그들의 욕설을 온몸으로 받아내고 있는 와중에도 전화벨이 수십 번 울려댄다.

- 확진자 전체 체온 체크해서 빨리 통보해주세요!

- 약 복용 확인하고 바로 알려주세요!

- 바닥 마대 걸레로 수시로 닦아주세요!

정신없이 뛰어다녔다. 방역복 안에는 진득한 땀이 흥건했고 방역 장갑이 축축하게 손등에 눌어붙는다. 마스크 위로 뜨거운 숨이 올라오자 얼굴을 가리던 투명 페이스 실드가 습기로 가득 찼다. 앞이 보이지 않는 상태. 이곳엔 나와 확진자들 외에 그 누구도 출입할 수 없다. 난 그렇게 그들과 함께 격리됐다.

그땐 미처 몰랐다. 내가 나를 돌보지 않으면 그 누구도 나를 돌봐주지 않는다는 것을. 그렇게 난 수십 명이 토해내는 기침과 욕설이 난무하는 격리된 공간 한가운데에 툭 하고 던져지듯 홀로 덩그러니 서 있었다.

# 갇힌 남자 2

영화 〈그래비티〉를 본 적이 있다.

우주복을 입고 고립된 공간에서 중력과 싸우는 인간의 심리와 감정을 잘 묘사해 호평받은 작품이다. 이 영화에서 주인공들은 우주 미아가 되어 광활한 우주를 둥둥 떠다닌다. 갇힌 공간에서 길을 잃고 생존을 위해 투쟁하는 그들의 모습처럼, 오늘은 나도 온몸을 뒤덮는 하얀 방역복을 입고 격리된 교도소에서 사투를 벌인다.

- 여기요! 빨리 와보세요!

다음 날 아침 다시 이곳에 왔을 때, 여기저기에서 창문 밖으로 쓰레기를 던져놨다. 코 푼 휴지, 먹다 남은 음식물,

빈 도시락 박스가 복도에 가득하다. 왜 여기에 이렇게 던져놨는지, 도대체 누가 그랬는지, 묻는 말에 대답이 없다. 이들의 행위에 내가 할 수 있는 게 없다. 확진자는 질서 위반으로 다른 곳에 갈 수 없는 걸 나보다 이들이 더 잘 알고 있다. 이렇게 나 혼자 확진자 수십 명을 돌볼 수 없다는 말에 '인력이 없다'는 답변만 메아리친다.

복도에 쪼그려 앉아 쓰레기를 줍고 있는 내 모습을 그들이 창살에 붙어 내려다보는 게 느껴진다. 뒤통수가 서늘해진다. 김치 쪼가리와 국물이 튄 복도를 마대 걸레로 닦고 화장실로 가져와 발로 밟아 물기를 짜냈다. 애꿎은 마대 걸레가 내 분노를 받아낸다. 이런 돌발적인 행위들에 시간을 지체할 수 없다. 거의 내 키만 한 온수통 세 개에 호수를 넣고 번갈아 물을 받아놔야 한다. 온수가 데워지는 시간을 확보해야 하므로 자칫 지체되면 뜨거운 물을 제공할 수 없다.

처음 이 근무지에 투입됐을 때 온수 때문에 곤욕을 치른 적이 있다. 꽉 채운 온수 통 십여 개를 카트로 실어 나르고 실리지 않는 건 양손으로 들고 날랐다. 이 물은 수용자들이 마실 커피 물과 컵라면에 부어 먹을 온수다.

- 이런 미지근한 물을 먹으라고요? 도로 가져가세요.

난 모든 온수 통을 걷어 물을 따뜻하게 데워 다시 들고 날랐다. 방역복 때문에 몸을 움직이기 불편하다. 그들은 이제야 성에 찼는지 커피에 물을 붓고 TV 주변으로 몰려들었다. 목이 탁하다. 물을 단 한 컵도 마시지 못했다. 비닐 장막과 개인 방역 수칙. 이 두 가지 말고 내가 기댈 수 있는 보호막은 없다. 마스크를 내리고 물을 마신다는 용기가 쉽게 생겨나지 않는다.

오후가 되자 수십 명의 식사가 도착했다. 식빵, 케첩, 치즈, 수프, 도시락까지. 난 다시 수십 개의 도시락을 카트에 싣고 개수를 세었다. 카트 하나에 도시락이 전부 실리지 않아 왕복 달리기를 한다. 빨리 배식을 마치고 다시 그들이 저녁에 마실 커피 물과 컵라면 물을 데워놔야 한다. 또 그 굴욕을 겪는다면 난 더 이상 버티지 못할 것 같다. 그때 저만치 떨어진 담당실에서 희미하게 전화벨 소리가 들렸다. 급히 뛰어가 전화를 받았다.

- 무전 왜 안 받는 거예요. 연락이 안 되잖아요. 지금, 복

도 수시로 닦아야 돼요. CCTV로 보고 지적받을 수 있어요.

방역복을 입어본 사람은 알겠지만 이 옷에는 주머니가 없다. 이곳에는 무전기 다섯 대가 있다. 두 대는 외부 병원에서 하루 세 번 전화 진료를 실시한다. 또 두 대는 수용자들이 하루 세 번 가족과 통화한다. 나머지 한 대가 내 개인 무전기다. 결국 난 두 개는 양쪽 겨드랑이에, 두 개는 손에, 한 개는 어깨와 볼 사이에 끼고 팔꿈치와 명치를 이용해 카트를 밀었다.

이곳에 있는 모든 수용자에게 전화를 아침, 점심, 저녁 두 통화씩 하루 총 여섯 번을 하게 해주려면 난 계속 복도에 서 있어야 했다. 저 멀리 담당실에 전화벨이 계속해서 울린다. 수용자들이 혹시 피해자나 허가받지 않은 다른 곳에 전화할지 몰라 지켜보고 서 있어야 했지만 급히 뛰어 들어가 전화를 받았다.

- 복도 닦았어요? 감사원들이 와서 지금 CCTV로 지켜보고 있으니 방역복 턱까지 바싹 올리세요.

또 복도 얘기다. 감사원들이 내 모습을 CCTV로 지켜보고 있다는 말을 전해 듣는다. 방역복을 턱까지 올리라니, 내 건강을 신경 써주는 건가.

- 근데 저 화장실을 못 갔어요. 대소변 문제는 어떻게 해야 할까요?

일단 생리현상이 가장 큰 문제다. 방역복은 상·하의가 일체형으로 되어 있다. 볼일을 보려면 방역복을 무릎 밑까지 전부 내려야 한다. 사실상 탈의 상태가 되는 것이다. 이곳에서 하루 12시간씩 있어야 하니 생리현상이 가장 큰 문제였다. 그리고 난 뉴스를 봐서 알고 있었다. 방역복을 입고 벗는 과정에서 감염이 이루어진다는 사실을. 대소변을 보지 못하고 있다는 말에 개인 방역 수칙을 준수하라는 말만 돌아온다.

다시 이 행동을 몇 번 반복하고 나니 어느덧 저녁이 됐다. 이곳에 들어온 지 10시간이 지났다. 난 이곳 외에 그 어떤 곳도 출입하면 안 됐고, 다른 직원들과 접촉해서도 안 됐다. 아침 7시 반에 집에서 출발해 이곳에 들어왔고 저녁 9시가 돼야 이곳에서 나갈 수 있다.

방역복도 내 마음처럼 이리저리 구겨지고 후줄근하다.

그들이 볼 신문을 양팔에 끼고 들어 나르고, 그들이 마실 커피 물을 밀어 날랐다. 어느덧 구겨진 방역복은 여러 군데 찢어지고 구멍이 나 있다. 벗어서 다른 걸로 갈아입어도 될지, 결정하기 어렵다. 새로운 확진자는 저녁이고 아침이고 밀려들었고, 그들의 분노는 좀처럼 사그라지지 않았다. 운동도 할 수 없고 면회나 편지를 내보낼 수도 없으니 그들의 화는 점점 커지고 있다.

저녁 8시. 이곳에 들어온 지 11시간이 지났다. 수용자들이 가족과 통화를 마치고 모든 업무가 대부분 마무리됐을 때, 그들이 쓴 공용 전화기가 내 눈앞에 놓여있는 걸 빤히 쳐다봤다. 난 이곳에 보안의 이유로 휴대전화를 가져오지 못한다. 나도 이 전화기로 가족들에게 전화해도 될까? 혹시 남겨진 번호를 구별해 징계를 받으면 어떡하지, 걱정이 쌓인다. 하지만 결국 난 그 전화기를 들어 아내에게 전화했다.

- 밥은? 밥은 먹었지?

'여보세요'라는 말도 없이 아내는 전화를 받자마자 식

사 여부를 묻는다.

- 못 먹었지. 나 식당 가면 안 된대. 여기서 도시락 올려 준 거 먹으라는데…… 알잖아. 마스크 내리면 바로 확진이야.

- 그럼, 물이라도 마셔! 그러다 진짜 쓰러져.

- 물 마시는 것도 걱정되긴 하는데, 근데 마시면 소변이 마려워서……

- 뭐? 화장실도 못 가고 있단 말이야? 아침부터 지금까지?

1시간만 더 있으면 저녁 9시다. 지금까지 잘 참았는데 소변 때문에 방역복을 벗을 수 없다.

- 곧 있으면 끝나. 집에 가면 저녁 10시쯤 될 거 같아. 우리 애는 잠들었지? 여보세요?

아내가 대답하지 않는다. 잠깐의 정적이 흐르고 아주 작게 훌쩍이는 소리가 들린다.

- 어떻게…… 사람을 그렇게 일을 시켜. 여보, 내가 데리러 갈까?

- 이 업무를 하는 한 달 동안은 접촉하면 안 돼. 이따 밥에 국 좀 말아서 내 방 앞에 놔줘. 조금만 더 버텨보자.

수화기 너머 아내의 흐느끼는 목소리가 멈추지 않는다. '그만 울어'라고 말하는 내 목소리도 점점 떨리고 있다.

저녁 9시. 드디어 이곳에서 벗어났다. 정확히 12시간 30분 만에 하늘을 본다. 직원들이 쓰는 화장실을 이용하면 안 되기 때문에 외부 주차장 화단 뒤쪽에서 해결했다. 마른 소변이 힘없이 떨어진다. 아무튼 이제 이 일을 한 달 동안 반복하면 이 업무에서 벗어날 수 있다.

나뿐만 아니라 코로나를 견뎌내기 위해 일선 교도관들은 본인과 가족들의 안전을 담보로 업무에 투입됐다. 코로나가 처음 발발하고 지금까지 코에 면봉을 집어넣는 검사를 백 번을 넘게 받았다. 말이 백 번이 아니고 실제 백 번 넘게 내 코에 면봉이 들어왔다. 우리는 그렇게 수용자들이 코로나에 확진되지 않도록 예방하고, 격리하고, 노력했다. 하지만 공기를 타고 다니는 바이러스에 인간이 맞설 방법은 그리 많지 않다는 걸 깨닫는 데 오랜 시간이 걸리지 않았다.

영화 〈그래비티〉의 주인공이 우주에서 길을 잃고 헤매는 장면에서 다음과 같은 대사가 나온다.

*Hey, Ryan! It's time to go home.*

***라이언! 이제 집에 갈 시간이야.***

더 이상 바이러스가 우리 몸에 스며들지 않기를 바라면서……

이제 나도 집에 갈 시간이다.

## 소리가 멈춘 곳에
## 핀 꽃

- 안녕하세요. 전 교도소에서 일하는 교도관입니다. 반갑습니다.

짧게 내 소개를 마쳤다. 항상 정해진 규칙대로 움직여야 하는 나의 일상에 작은 일탈을 스스로 허락하는 날이다. 내가 서 있는 이곳 양쪽 벽에는 '사랑의 대화', '수어는 언어다'라는 문구의 포스터가 붙어있었다. 회색빛이 감도는 교도소, 구치소의 풍경이 익숙한 나에게 수어 교육원의 강의실 내부는 낯설었지만, 그간 푸석했던 내 마음을 희석할 정도로 이곳 사람들의 표정이 분위기는 환하게 느껴졌다.

내 소개를 들은 사람들은 잠시 의아한 표정으로 나를 바라보았지만 이내 큰 박수로 나를 맞이해주었다. 소개를 마치자 내 옆에 서 있던 수어 통역사는 나를 바라보며 손짓했다.

- 손가락을 이렇게 해보세요. 이건 ㄱ, 이건 ㄴ, 여러분도 같이 따라 해보세요.

나는 어색한 손동작으로 수어 통역사의 손짓를 따라 했다. 그리고 인생 처음으로 내 이름을 수어로 소개할 수 있었다. 그때 느꼈던 뿌듯함은 수년이 지난 지금도 생생하게 내 마음에 남아있다. 입으로 내뱉는 소리가 아닌 손과 몸짓, 표정으로 대화가 된다는 사실이 실로 놀라웠다.

사실 큰 포부를 안고 전화로 문의했을 때와는 달리 처음 수어 교육원을 방문했을 때 나는 쉽게 교육원의 정문을 들어가지 못했다. 새로운 배움에 대한 두려움도 있었지만 나의 무지로 인해 농아인들에게 실례가 되지 않을까라는 걱정도 컸던 게 사실이다.

- 저도 배울 수 있을까요? 수화를 배우는 건 처음이에요.

쭈뼛쭈뼛 말을 거는 나를 보며 이곳 사무실 직원은 환

한 표정을 지었다.

- 그럼요! 초급반부터 차근차근 시작하시면 됩니다. 교도관님이시죠? 혹시 실례가 안 된다면 교도관님은 어떻게 수어를 배울 생각을 하셨는지 여쭤봐도 될까요?

상담 직원은 교도관이 교육받으러 온 것은 처음이라며, 다소 호기심 어린 표정으로 초급반 교육 신청서와 볼펜을 건넸다. 그동안 봉사하고 싶은 마음에 몇 번 복지센터나 주민센터를 찾은 적이 있다. 보육원 아동들에게 전달할 쿠키를 포장하는 작업이나, 기초생활수급자에게 지급할 재활용 비누를 만드는 일을 했다. 하지만 더 지속적으로 할 수 있는 일이 없을까 생각하던 와중에 '세상에서 가장 아름다운 언어'라는 문구를 보고 수어를 배우고 싶은 마음이 생겼다.

- 전 범죄피해자들의 상담을 통해 도움을 드리고 싶은 마음을 가지고 있었어요. 어느 날, TV를 보다가 범죄피해를 입은 농아인들이 상당한 어려움을 겪고 있는 걸 보고……

교도관이 되고 이 세상 한구석엔 깊이를 알 수 없을 정도의 슬픔이 존재한다는 것을 목격했다. 그 이후로 나도 조금이라도 도움이 될 수 있는 것이 없을지 찾아 나섰다. 한 번은 교정 시설에 수감된 아버지를 보러 온 어린 아들이 수어를 통해 면회를 진행하는 것을 본 적이 있다. 저 어린아이가 부모의 부재로 인해 어떻게 살고 있을지 궁금했지만, 기본적인 수어를 몰랐던 나는 그 아이에게 한마디도 못 하고 그저 돌아가는 뒷모습을 바라볼 수밖에 없었던 답답한 경험을 한 적도 있다.

*공감과 경청. 이 두 가지가 대화의 기본 요소입니다.*

나는 학부와 대학원 석사과정 모두 상담심리학을 전공했다. 사실 내가 전공한 '상담심리학'과 '수어'는 많이 닮아있다. 상대방의 몸짓과 표정을 보며 감정을 공유하고 말을 주고받는 면에서 이 두 가지는 전혀 다르지 않다. 수어를 배우고 농아인과 처음 대화할 때도 '공감과 경청'은 역시 인류의 모든 대화방식에서 공통점이라는 것을 느낄 수 있었다.

시간이 흘러 나는 초급반과 중급반 수어 교육을 수료했다. 하루 8시간 가까이 진행된 수업이었지만 농아인들의 문화를 배우고 공감대를 형성하는 그 과정 동안은 정말 시간이 가는지 모를 정도로 가슴이 뛰었다. 뿌듯했던 건 중급반 종강 때 농아인들 앞에서 내 직업인 교도관에 대해 수어로 얘기하고, 많은 동료 교도관들이 보이지 않는 곳에서 묵묵히 사회의 안전을 위해 최선을 다하고 있다는 것을 설명할 수 있었다는 점이다.

농아인들도 소방관, 경찰관의 이야기는 많이 들었지만, 교도관의 직업 이야기는 처음 듣는다며 응원의 손짓을 보내주셨다. 그리고 내 이야기를 들은 동료 교도관들도 일상생활에 어려움을 겪고 있는 사람들에게 도움을 주고 싶다며 수어 교육원에 후원금을 지원해주셨다.

처음엔 단순히 봉사하고 싶다는 마음으로 시작한 수어 배우기는 점점 내 인생의 큰 부분을 차지하게 되었고 좋은 사람들과의 인연으로 확대되었다. 그렇게 우리는 한 공간에서 한마음으로 각자의 인생을 응원하며 서로의 마음을 주고받았다.

시간이 흘러 나의 결혼식이 있던 날, 농아인들과 수어 통역사께서 축하하러 와주셨다. 그분들은 처음 수어 교육원에서 쭈뼛하던 나를 맞이했을 때와 똑같이 환한 미소로 웃으며 나를 바라보았다. 그리고 축하한다는 수어와 함께 양팔을 올려 하트 모양을 만들었다. 말없이 나를 보며 웃는 그분들의 진심은 나에게 수천, 수만의 말들보다 더 가슴 깊이 울리며 다가왔다. 과연 이 순간, 무슨 말이 필요할까. 그분들의 환한 얼굴을 보며 나도 대답했다.

*저도 많이 사랑하고 응원합니다.*

마음과 마음이 닿는 곳에서 우린, 소리의 울림보다 훨씬 큰 마음의 울림을 느낄 수 있었다. 코로나바이러스 탓에 어려움도 많았을 우리 모두 하루빨리 마스크를 벗고 서로를 마주 보며 다시 한번 그 환한 미소를 보고 싶다는 마음을 전하고 싶다.

아내와 나는 지금도 맥주 한잔을 마시며 종종 수어

를 배울 때의 기억을 꺼낸다. 당시 수화 교육원 앞 화단에는 분홍 달리아 꽃송이가 풍성하게 피어있었다. 그 꽃처럼 아름다운 마음을 지닌 그분들에게 배운 그 환한 미소를 나도 누군가에게 다시 돌려줄 수 있도록 그리고 세상의 편견과 불편함에 아픔도 많았을 그분들의 앞날에 따뜻한 은총만이 가득하길 바라며 눈을 감고 마음을 담아 두 손을 모아 본다.

모두 잘 지내시죠? 참 많이 보고 싶습니다.

# 내가 가는 길

혼자 있는 시간이 생겼다.

딱히 특별한 일이 있는 건 아니었지만 하루 연차를 냈다. 항상 반복되는 교도소의 일상에서 벗어난 이 시간이 낯설다. 아내와 아이마저 처가에 머무르고 있는 상황에 그야말로 세상 만물이 나를 향해 돌아가는 기분을 만끽하며 서재에 들어와 앉는다. 한낮의 쨍한 하늘이 내 심신을 방해한다고 느낀 나머지 커튼을 내려 방 안으로 들어오는 모든 빛을 차단했다. 스탠드 등의 ON 버튼을 터치하자 금세 노란 노을빛이 벽지에 흩뿌려진 것처럼 방 전체가 은은하게 물들었다. 자, 분위기는 소성됐다. '비 오는 밤,

부드러운 재즈가 흐르는 카페'라는 제목의 ASMR을 틀고 꽂아놨던 책갈피를 꺼내 페이지를 넘긴다. 그러다 문득, 사색에 잠겨본다.

우리의 삶을 구성하는 요소에는 어떤 것들이 있을까? 정신, 지혜, 가치관, 철학, 신념 등 인생에 영향을 미치는 수많은 비물질적인 요소들이 이 질문에 대한 답으로 먼저 떠오른다. 하지만 이런 비형체적인 요소들 말고, 실제 우리의 손으로 만져지고 눈으로 볼 수 있는 구성체들, 이를테면 일정한 형체를 갖춘 '물건物件'처럼 몸에 지니고 두르고 있는 사물들도 우리의 삶에 많은 부분을 차지하고 있다. 그리고 이러한 물건들은 각각 자신만의 이야기를 담고 있다.

책장에 꽂혀 있는 여러 권의 책들은 지금 내 삶을 구성하고 있는 단편을 보여준다. 인간의 행동과 심리를 연구하는 학문은 요즘 내 최대의 관심사다. 한 인간의 영혼을 채우는 무언가를 탐구하고 그 연결고리를 찾아 해결책을 도출해내는 과정은 경이롭다. 난 하루에도 수십 명, 많게는 수백 명과 마주하는 일을 하고 있다. 그러고 보면 사람을 대하는 일을 하는 내가 인간의 마음을 다루는 영역에 대한 호기심을 드러내는 게, 어찌 보면 자연스러운 의식의 흐름일지도 모르겠다.

얼마 전 대학원 교수님이 인간의 이상심리에 대해 연구 논문을 쓰고 있는데, 나에게 인터뷰 요청을 해도 되겠냐고 물어왔다. 세상을 심연에 빠트린 연쇄살인 행위에 대한 원인을 파악하기 위해서는 직접 그들과 대면해야 심리 분석이 가능하지만, 민간인이 살인자와 마주 앉는 상황은 쉽게 일어나지 않는다.

여러 심리학자가 인간의 이상행동을 연구하기 위해 교도소에 인터뷰 요청을 한다. 인간의 본능적인 심리와 이상행동의 분석을 위한 연구에 '교도소'라는 공간만큼 적합한 공간은 쉽게 찾아볼 수 없다. 실제 해외 여러 국가에서도 범죄 예방이나 이상행동 연구를 위해 교도소 연구가 활발히 이루어지고 있지만 현실은 기밀 보안과 돌발적인 사고의 위험, 개인정보 노출, 수용자의 거부 등의 이유로 외부인이 교도소에 발을 들이기는 쉽지 않다.

하지만 나는 어떠한가. 매일 교도소에 드나들며 그들과 상담하고 그들의 심리를 들여다본다. 심지어 나에게 자기 이야기를 들어달라며 차례를 기다리는 사람들도 많다. 현장 실무와 이론의 교집합이 이루어지는 이곳, 교도소라는 공간에서 나의 목표를 향해 한 걸음 한 걸음, 조금씩 발을 내디딘다.

대학원 졸업을 앞두고 발표해야 할 리포트를 끝마쳤다. 이번엔 바탕화면 폴더에 보관되어 있는 PPT 자료에 눈을 돌린다. 최근 직원과 수용자들을 대상으로 자살예방 교육을 진행하게 됐다. 교도소에 수감된 사람들은 여러 심리 증상을 호소한다. 수용자의 자살은 교도소에서 굉장히 민감하게 다루는 과제 중 하나다. 정상 범주에서 벗어난 심리 상태와 정신질환으로 엉클어진 마음은 곧 폭력적인 행동으로 나타났다.

그로 인해 그들을 관리해야 할 교도관들조차 탈진 상태를 경험하며 결국 안타까운 선택을 하는 일이 벌어지고 있다. 동료 직원의 안타까운 소식은 조직의 사기 전체를 저하시켰고, 열어지는 직업 사명에 회의감을 토로했지만 결과적으로 바뀌는 건 없었다. 나는 교도소라는 공간에서 많은 인간의 감정을 경험하며 글쓰기를 시작했다. 사실 글과 대화는 많이 닮아있다. 입으로 내는 말이 잘 정리된 글로 탄생하고, 문맥에 맞게 쓴 글은 대화를 매끄럽게 이끈다. 그리고 이러한 글과 말은 사람들의 공감을 끌어내 '모두가 같이 고민해봐야 할 논제'로 정돈되어 논의 테이블에 올려놓을 기회를 만들어준다.

마감의 압박 속에 출판사에 보낼 초고와 표지디자인 안에 대한 의견을 첨부한다. 이번에 내 시선은 옷장 옷걸이에 걸려있는 근무복에서 멈췄다. 진 감청색 상의에 검은색 하의가 잘 포개져 걸려있다. '잘못을 바로잡아 인도함'이라는 소명이 부여된 교도관이라는 직업. 처음 빳빳했던 이 옷을 받아 들고 얼마나 기분이 좋았는지 모르겠다. 부모님께 모자를 씌워드리고 같이 찍은 그날의 사진들을 보니 마음이 뒤숭숭해진다.

이 옷을 입고 교도소 안에서 참 많은 일을 겪었다. 바닥을 뒹굴고, 땀에 흠뻑 젖어 뛰어다니며, 25시간 밤을 새우고 구겨지고 삐져나온 상의를 추스르며 퇴근길에 올랐던 기억들이 지나간다. 처음 받아 들었던 빳빳한 그 근무복은 어느새 구겨지고 색이 바래지고 있었다. 나와 함께 고생한 이 옷을 보고 있노라니, 안타깝기도 하고 스스로가 대견하기도 했다. 다시 옷을 선 따라 잘 포개 앞으로도 잘 부탁한다는 마음을 담아 걸었다.

정말 오랜만에 나의 시간을 가졌다. 자리를 정리하고 듣고 있던 음악의 종료 버튼을 누른다. 커튼을 열어보니 어느새 가을 하늘은 어둑해져 내일의 이야기를 기다리고 있다.

목숨을 걸고 소명을 지키는 직업을 가진 사람들, 간혹 현장 근로자들의 사진과 함께 적혀있는 글의 제목을 본다. 그 사진에는 근로복을 입고 걸어가고 있는 사람들의 얼굴이 나와 있다. 이 시대를 살아가는 우리의 부모, 자녀, 가족들의 얼굴.

우리는 누구나 한 번쯤 또는 평생 직업을 가지고 살아간다. 하지만 세상 그 어디에도 당신의 목숨보다 중요한 소명召命은 없다. 당신의 존재 그 자체는 그 어떤 직업적 소명보다 훨씬 더 가치 있고, 더 위대하다.

내일의 아침과 밤을 여는 세상에 모든 직업은 고결하다. 그 이유는 직업이 품은 그 자체의 행태가 존귀해서가 아니라, 위대한 가치를 지닌 당신이 그 일을 하기 때문이라 그렇다.

어제를 살아냈고, 오늘을 살아가고, 내일 역시 살아갈, 세상의 아침과 밤을 밝게 비추는 당신의 인생을 응원합니다.

# - 제4장 -

# 교도소의 겨울

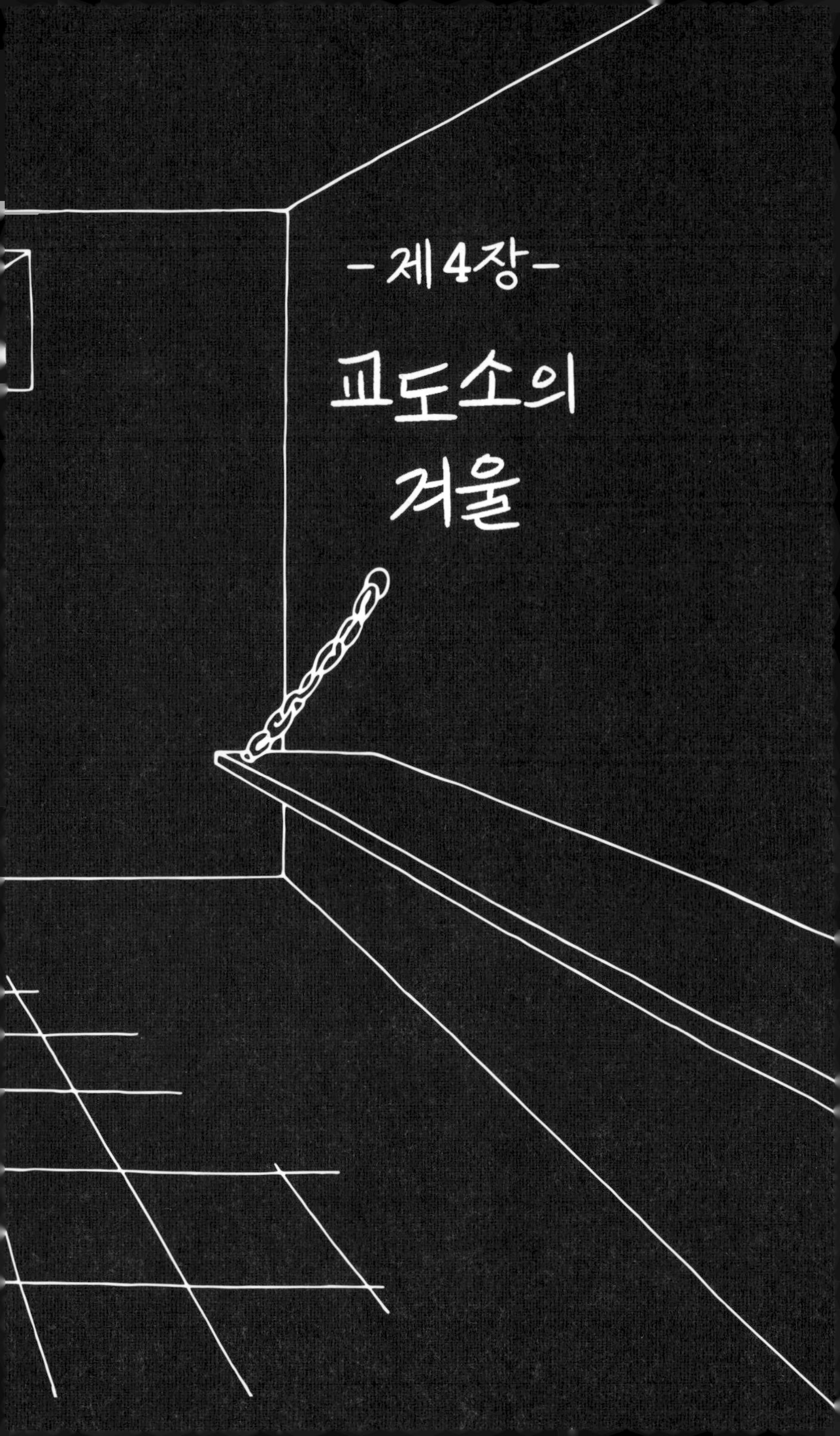

# 나는 사형집행인이다

지독하게 추운 12월, 교도소의 밤.

눈에 젖은 신발이 걸을 때마다 푸슈, 소리를 내며 먹물 도장을 찍은 것처럼 족적을 남겼다. 손을 주머니에 꽂아 넣고 몰아 내쉬는 숨에 하얀 연기가 퍼지듯 안경에 스며든다. 게다가 전력을 30퍼센트만 사용한 듯 복도 천장에 조명등이 깜빡거리며 내 시야를 어지럽혔다. LED 십자 등이 깜빡일 때마다 어떻게 들어갔는지 모를 모기와 하루살이들이 눈에 띈다. 자유를 갈구하는 그것들의 날갯짓은 점점 약해졌고 사력이 다했는지 더 이상 작은 날개는 움직이지 않았다. 이곳, 교도소 담장 안에서 자유를 갈

망하는 몸짓은 비단 전등 속에 갇힌 벌레들에게만 국한되는 것은 아니었다. 내가 서 있는 긴 복도에 나열된 1평 남짓한 독방에는 또 다른 존재들이 자유를 갈구하며 매일 돌아오는 교도소의 밤을 보내고 있었다.

- 교도관님, 저 오늘 사형받았어요.

두 명 이상의 부녀자를 살해한 이 사람은 오늘 법원에서 사형선고를 받았다. 인간성 회복을 기대할 수 없고, 교화의 가능성도 없을뿐더러 유족에게 용서도 받지 못한 것이 이유였다. 그가 앉아있는 작은 방 바닥 한쪽 구석엔 성경책이 놓여있었다. 신의 시선엔 부녀자를 끔찍하게 강간살인한 사람을 어떻게 바라볼까?

죽음을 선고받은 사람들은 가슴에 새빨간 번호를 달고 죽을 때까지 살아간다. 그동안 나는 몇몇 사형수를 만났다. 나 또한 교도관이 되기 전까지는 사형을 선고받은 사람들을 머리에 뿔 달린 인간의 탈을 쓴 짐승으로 생각해왔다. 하지만 교도소에서 만난 실제 사형수들의 모습은 내 예상과는 전혀 달랐다. 앳된 얼굴에 안경 쓴 대학생 같은 모습의 사형수도 있었고, 손자를 따뜻하게 안아줄 것만 같은 노인 사형수도 있었다. 그리고 살인자는 뉴스로만 보리라 생각했던 그런 내게 어느 날, 살인자가 말을 걸어오기 시작했다.

엉켜있는 곱슬머리에 주변을 신경 쓰지 않는 듯한 무심한 걸음걸이, 다소 마른 체형에 평범한 이목구비는 그가 세상에 섞여 살기에 충분한 보호색이 돼주었을 것이다. 다큐와 예능 프로그램에서 기자와 법 관련 전문가들이 나와 3부작으로 그의 살인사건을 다뤘고, 각종 포털 사이트에 올라온 보도 내용은 사람들을 공포에 밀어 넣기에 충분했다.

대한민국은 그야말로 전례 없는 충격에 빠졌다. 할리우드 영화에서나 나올 법한 잔인한 범죄 수법에 모두가 경악했다. 그가 검거되고 구속되기까지 검찰청과 경찰서, 법원 할 것 없이 청사와 대로변에 끔찍한 피해를 본 피해자의 영혼을 기리는 화환이 줄을 지었다. 그리고 그의 사형을 외치는 피켓 시위자의 확성기에서 피 끓는 목소리가 들려왔다.

*사형하라! 사형하라!*

대한민국은 1997년을 마지막으로 사형수들이 형장의 이슬로 사라졌다. 물론 나도 실제 사형 집행을 해본 적은 없다. 다만 교도소에는 여전히 약 60여 명의 사형수들이 생활하고 있고, 대한민국 법은 아직 사형을 명시하고 있기에 사형의 부활은 전 국민적 관심에서 벗어난 적이 없다.

*형법 제66조(사형)*

***사형은 교정 시설 안에서 교수絞首하여 집행한다.***

이렇듯 법에는 아직 법정최고형인 사형에 대해 고스란히 명시되어 있다. 사형 집행의 장소는 내가 근무하고 있는 교정 시설이다. 만약 사형이 집행된다면 교정 시설에서 근무하고 있는 나는 사형집행인이 된다. 과거 사형이 시행되던 당시, 선배들은 출근하고 얼마 안 돼서 갑자기 그날의 사형자 명단을 건네받았다고 한다. 출근 준비를 마치고 현관문을 나서면서 가족들과 인사를 나눴을 그 평범한 일상에서 한 사람의 얼굴에 헝겊을 씌우고 밧줄을 목에 메다는 일은…… 더 이상 무슨 말을 이어야 할지 모르겠다.

하지만 현장에선 기꺼이 사형 집행을 지원하겠다고 하는 직원들도 있다. 사실 교도관은 살인자를 가장 가까이서 마주하는 직업이다. 그 말은 치를 떨 정도의 악행을 저지른 자의 모습과 그들이 쏟아내는 말들을 온전히 온몸으로 받아내야 한다는 뜻이기도 하다. 그 과정에서 피해자들의 울분을 공감하고 같이 분노할 수밖에 없는 상황에 놓이기도 한다. 요즘엔 오히려 가해자 인권만큼 피해자 인권도 중요하다는 말도 나온다. 뭔가 뒤바뀐 모양이지만 어색하진 않을 정도로 현실적이다.

'살인 면허', '공무상 살인' 정도로 이해하면 될까. 하지만 최근엔 '사형수가 천수를 누린다'라는 말이 들려온다. 그리고 그들도 사형이 집행되지 않는다는 것을 아주 잘 알고 있다. 대한민국은 실질적 사형 폐지국이다. 그리고 사형수는 교도소에서 신체와 생명의 보호를 받는다. 한편에서는 인권보호를 위해 사형 대신 가석방 없는 무기징역을, 또 교도관들의 사형 집행에 트라우마를 우려하는 목소리도 높다.

반대로 아무 희망 없는 교도소에서 죽을 때까지 살아야 하는 것은 인간의 인권에 부합하는지, 법의 판단처럼 인간성을 잃은 사형수를 평생 교도소에서 보호해야 하는 교도관들의 트라우마는 사형 집행의 트라우마와 비교했을 때 무엇이 더 중요한지, 몇몇 교도관들 사이에서 갑론을박이 벌어지기도 한다.

사람의 목숨을 무참히 앗아간 자의 목숨을 위해 인류는 수십 년간 고민하고 토론했다. 개인적 바람이 있다면 그 고민의 질량만큼, 아니 그 이상으로 피해받은 생명의 고통을 위해 더 고민하고 집중했으면 한다. 이쯤에서 한 번 조심스레 질문하고 싶은 것이 있다.

*당신은 사형 집행을 찬성합니까, 반대의 입장입니까?*

악랄해지고 잔인해지는 범죄 앞에 인류는 어떤 해답에 도달하게 될까? 정의는 무엇일까?

*사느냐 죽느냐, 그것이 문제로다.*

*To be or not to be, that is the question.*

## 누가 돌을 던질까

만약 지나가던 사람이 자신에게 담배 연기를 내뿜고 갔을 때 또는 새치기를 하거나 발을 밟고도 사과 한마디 없을 때 우리는 어떤 기분이 들까? 아마 분노할 것이다. 그리고 속으로 욕을 한다든지 찾아가서 팔을 걷어붙이고 따질 것이다. 하지만 운명은 간혹 삶을 더 가혹한 시련에 들게 한다. 만약 배우자가 수십 년간 구타와 폭행을 일삼을 때, 평범한 일상에서 누군가에게 입에 담기도 힘든 끔찍한 짓을 당했을 때와 같은 일은 앞서 언급한 새치기를 당했을 때와는 비교도 되지 않을 만큼 우리의 인생을 뒤흔들 것이다.

교도소에는 이런 절대적인 악행을 저지른 사람들이 구속되어 있다. 살면서 이러한 악행이 우리의 삶을 위협할 때, 우리는 반사적으로 절대적인 악에서 벗어나고자 행동하게 된다. 만약 무자비한 폭력을 벗어나려는 목적으로 역시 같은 폭력이란 수단을 쓸 수밖에 없는 상황이 온다면 어떠한 선택을 내려야 할까? 목적은 수단을 정당화할 수 있을까?

교도소에는 절대 악에 맞서 필요악이 된 사람들이 있다. 드라마 〈슬기로운 감빵생활〉에서 주인공 제혁은 자기 동생을 성폭행하려는 범인을 쫓아 제압하는 과정에서 폭력을 행사한다. 그리고 그는 구속됐다. 불법을 자행한 자와 불법에 저항한 자에게 법은 '쌍방 불법'이라는 판결을 내린다. 하지만 이런 일은 비단 드라마에서만 존재하는 건 아니었다.

- 당하고만 있으라고? 그게 무슨 말도 안 되는 소리예요!

법원 재판에 동행했던 한 남성이 선고형량을 듣고 울분을 토했다. 자기 아내에게 성폭행을 시도하는 사람과 몸싸움을 벌이다 그만 성폭행범이 크게 다쳤다. 법원은 성폭행의 시도를 멈춘 상대방이 성폭행 행위를 멈추고 그 자리를 떠나려고 하는데도 폭력을 행사한 건 위법한 행위라고 판단했다.

그는 "우리가 죽든지 말든지 법이 알아서 처벌해줄 테니 가만히 있으라는 겁니까?"라고 판사를 향해 소리쳤다. 나는 그의 팔을 잡고 구속자 대기실로 끌어당겼다. 그가 나의 팔을 뿌리치며 방청석에 앉아있는 그의 아내를 바라봤다. 그의 아내는 방청석에서 일어나 얼어붙은 듯 그윽한 눈물을 머금고 나의 얼굴을 바라보고 있었다.

구속자 대기실에 들어온 그의 얼굴이 상기되어 있다. 아직 흥분이 가시지 않았는지, 숨을 들이 내쉬는 들썩거림이 눈에 들어왔다. 과연 나라면, 그 상황에서 다른 해결책을 선택할 수 있었을까. 성폭행범이 행위를 멈추고 돌아가려는 것임을 어떻게 확신한단 말인가. 만약 돌아섰던 범인이 품에 칼이라도 꺼내 다시 공격해온다면? 살면서 처음 겪어보는 상황에서 누가 제정신으로 이 모든 걸 파악하고 판단을 내릴 수 있단 말인가. 그는 교도소로 복귀하고 방에 들어가는 순간까지 소리를 지르며 오열했다.

- 일전에는 죄송했어요, 교도관님. 그땐 너무 억울해서……

며칠 후, 그가 생활하는 방을 들여다봤을 때 그는 편지지에 크리스마스트리와 사슴으로 보이는 그림을 그리고 있었다. "설마 사슴은 아니죠? 낙타 아니에요?"라며 농담을 던지는 나를 보며 멋쩍은 듯 그가 웃음을 지어 보인다. 내년이면 초등학교에 입학할 아이의 크리스마스 선물을 그림 편지로 대신하는 것이라며 그는 사슴 뒤에 산타클로스의 모습을 그려갔다.

사실 우리 아이도 크리스마스에 썰매를 타러 가자며 몇 달 전부터 노래를 불렀다. 하지만 내가 크리스마스에 출근해야 할지는 하루 이틀 전이나 돼야 알 수 있었고, 올해도 어김없이 크리스마스에 출근하라는 연락이 왔다. 영문도 모르고 자는 아이의 모습을 눈에 담고 출근길에 올랐다. 아마 꿈속에서조차 썰매 타고 노는 걸 기대했을 텐데, 잠에서 깨서 아빠가 없는 것을 본 아이의 표정이 상상돼서 마음 한편이 착잡했다.

- 그나저나 부인은 치료받고 있는 거예요? 충격이 컸을 텐데…… 해바라기센터나 범죄피해자지원센터에 지원 신청을 한번 해보는 게 도움이 될 거예요.

수용자에게 범죄피해자지원센터를 언급하는 일은 거의 없지만, 교도소에는 '절대 악'만 살아가고 있는 것은 아니다. 일전에 성폭력 전문 상담원 교육을 받고 상담원으로 피해자들과 대화를 나눈 적이 있다. 결과부터 말하자면 성폭행으로 인한 트라우마는 완치가 불가능하다. 망각의 동물이라 불리는 게 인간이라지만 생명을 위협당하는 극심한 스트레스는 평생 잊히지 않는다.

상담과 우울증 약물치료를 받고 있다는 그의 아내. 겨우 버티고 있다는 그녀의 옆에 그가 있어 주지 못하는 상황에서 정신적인 고통을 겪는 엄마의 양육을 받아야 하는 어린 자녀 또한 위기의 나날을 보내고 있는 것이다. 하지만 그날 자기 가족을 지키려 했던 그의 행위는, 아이러니하게도 지금 그가 가족의 곁을 지키지 못하게 만드는 상황을 만들었다.

- 제가 옆에 있어 줘야 하는데…… 제 아이는 무조건 법

을 공부하게 할 거예요. 영어든, 수학이든, 그게 중요한 게 아니고, 법을 모르면 이렇게 당하고 살아야 한다고 꼭 알려줄 거예요. 전 그저 제 가족을 지키려 한 죄밖에 없다는 생각에는 변함이 없어요.

그의 한 맺힌 울분에 생각이 많아진다. 과연 그에게 엄중한 법의 심판에 반성하지 않는다는 둥, 교화가 필요하다는 말 같은 게 필요할까.

가족들에게 보낼 크리스마스 편지 봉투가 완성되자 그가 적어놓은 편지지를 정성스레 봉한 후 나에게 건넸다. 편지를 받아 들고 보니 하얀 편지 봉투는 어느새 알록달록한 크리스마스 편지 봉투로 둔갑했다. 파란색, 빨간색 볼펜으로 칠한 그림들이 꽤 그럴싸한 성탄절 분위기를 연출했다.

- 교도관님. 가족들에게 꼭 전달되게 잘 좀 부탁드립니다. 제가 제 가족들에게 할 수 있는 게…… 이것밖에 없네요.

당장은 면회를 올 수 없는 상황에 놓인 그의 아내와 자녀에게 자신이 전할 수 있는 게 이 편지 한 장밖에 없다며, 그는 눈시울을 붉혔다.

- 잘 전달해달라고 당부할 테니 걱정하지 마세요. 지금은 포기하지 말고 마음을 다잡는 방법밖에 없어요. 저도 가족들이 도움을 받을 방법이 있는지 한 번 알아볼게요.

그는 고맙다며, 내 손을 잡고 고개를 숙였다. 한겨울의 차가운 한파가 교도소 창살 사이를 비집고 들어오듯, 그의 인생에도 예기치 못한 한파가 들이닥쳤다. 그의 남겨진 가족들은 어떻게 지내고 있을까. 한 기업에서 10년 이상 성실히 일했다던 그는 구속으로 인해 해고 통지를 받았다. 각 단체나 협회에서 지원하는 범죄피해자 지원금은 트라우마를 겪고 있는 그의 아내와 자녀의 인생을 예전으로 돌려주기엔 턱없이 부족할 것이다.

법은 사적 제재, 개인적 복수에 대해 엄격하게 금지하고 있다. 그것은 분명히 사회가 혼란에 빠지지 않고 원활하게 돌아가는데 필요한 조치일 것이다. 하지만 '안정적인 사회의 유지'라는 큰 몸짓에 튕겨 나간 한 개인과 그의 가족은 무방비 상태가 되어 지금 이곳에 덩그러니 남아

있다. 가정이 있는 사람이라면, 과연 누가 그에게 돌을 던질 수 있을까. 교도소에 있는 시간 동안 그에게 필요한 건 강력한 처벌의 손짓일지, 그가 삶을 포기하지 않도록 건네야 할 격려의 손길일지, 교도소의 시간은 또 한 번 쉽게 답을 내리지 못할 질문을 던진다.

올해 크리스마스엔 눈이 내리지 않았다. 거센 한파에 추적추적 내리는 비를 마지막으로, 교도소의 성탄절은 끝이 났다. 법이 그에게 형벌을 내리는 것을 끝으로 그 소명을 다했다면, 교도관인 내 소명은 그가 다시 세상으로, 가족의 품으로 돌아가는 것을 돕는 것이라고 생각한다. 매순간 강력한 처벌과 교화에서 길을 잃고 헤매던 나였지만, 이번엔 난 그에게 격려의 말을 건네는 걸 선택했다.

***– 포기하지 말고, 꼭 다시 일어나서 가족들과 함께 성실히 살아가길 바랄게요.***

그가 정성스레 눌러썼던 편지는 가족들에게 잘 도착했을까. 산란한 마음 앞에 아른거리는 교도소 시간의 한가운데에서, 나도 그 편지의 답장을 기다려본다.

# 나를 부르는 목소리

'빨리 좀 와달라'는 말을 오늘만 열 번은 넘게 들었다.

살면서 나를 필요로 하는 사람이 이리 많았던 적이 있었던가? 누군가에게 필요한 존재가 된다는 것은 나의 존재를 확인받고 온전히 살아있음을 느끼는 순간일 수 있다. 내가 이 제도와 사회에 섞여 구성원들과 융합되어 유용한 사람이 되었다는 기쁨은 분명 살아가는 데 커다란 원동력이 될 것이다. 다만 교도소의 땅을 딛는 그 순간, 나를 필요로 하는 누군가의 '부름'에 응답하는 과정에서 오는 기쁨이 나에게 어떤 의미일지는 좀 더 생각해볼 문제인 것 같다.

- 이보세요. 나 공황장애 환자야. 쓰러지거나 어떻게 되면, 교도관 당신이 책임질 거야?
- 저 폐소공포증 있어요. 이렇게 가둬두면 저 죽어요.

이곳에서 나를 필요로 하는 경우는 대부분 '처우'에 관한 문제 때문이다. 밥의 양이 적다, 약을 달라, TV 전원을 켜달라, 옷을 바꿔달라, 춥다, 덥다 등등. 심지어 심심하다면서 야한 잡지를 넣어달라는 사람도 있다. 처음엔 그들의 요구에 화가 나 언성을 높인 적도 있다. 사람을 살해하고, 유린하고, 겁탈하고 교도소에 구속된 사람이 뻔뻔하게 야한 잡지를 넣어달라니. 하지만 수용 친화적인 분위기 조성, 수용자들의 스트레스 해소 방안 강구, 교도관을 향한 고소, 물리적인 폭력과 협박, 인권과 관련된 호출과 징계 등의 현장 분위기에 나는 어느 순간 딱딱했던 어깨의 힘을 느슨하게 풀었다.

물론 변화와 인권은 누구나 평등하게 누려야 할 중요한 권리지만 그들 중 누군가는 인권이라는 '인간의 권리'를 '인간의 권력'으로 매우 잘 포장해 사용하고 있다는 점이 내 혼란을 가중시켰다. 처음엔 정의와 엄중한 형벌의 집행으로 무장한 내 신념도 하루하루 위축된 업무 속에서 날이 나간 칼날처럼 무뎌져 갔다. 이젠 부드러운 말투와 융통성 있는 행동으로 이 살인자를 대하는 내 모습을 볼 수 있다. 드디어 내가 교화 정책과 인권 제도의 순리를 파악하고 그 정수를 완전히 이해하게 된 걸까. 아니면 먹고 살려는 의지와 직장에서의 안위를 위해 그저 깎이고 무뎌져버린 걸까.

이곳에서 나를 찾는 사람들은 많지만 정작 나는 내 자신을 완전히 찾지 못했다. 무뎌지지 않으면 내가 이 일을 버텨낼 수 있을까? 정말 인간은 변할 수 있을까? 혼란으로 멀미가 심해진다. 두 발을 땅에 내딛고 살던 사람이 처음 바다에 나가 내장이 뒤집어지는 경험을 하는 것처럼 내 이상과 현실에서 오는 괴리에 속이 울렁거린다. 사람을 살해한 자에게 철퇴를 내리고 싶은 내 안의 마음과 실제 살인자와의 대화에서의 보이는 내 부드러운 말투에는 심한 괴리가 있다. 내 안은 이미 모순으로 가득하다.

정의의 여신상을 올려다본 적이 있다. 오른손엔 긴 장

검을, 왼손엔 저울을 높이 세워 들고 있다. 긴 장검은 형벌의 엄중한 집행을, 저울은 치우치지 않는 정의의 실현을 상징하는 것이다. 하지만 교도소 현장에서 저울이라는 단어는 전혀 예상하지 못한 상황에서 사뭇 다른 의미로 등장한다.

- 저울 가져오세요. 밥이 이게 뭡니까? 내 세금은 다 어디다 쓴 거야.

또 누군가가 나를 호출했다. 한 남성이 다짜고짜 나에게 저울을 요구한다. 옆방 사람과 자신이 배식받은 밥의 양이 다르다고 목에 핏대를 세운다.

- 거, 근무자 이름이 뭡니까?

남자는 내 우측 가슴에 수놓은 이름을 확인했다. 그리고 주머니에서 볼펜을 꺼내더니 내 이름을 자기 손바닥에 적는다. 마치 학교 숙제를 해 오지 않아서 교실 칠판에 이름이 적혔을 때의 기분이다. 수용자의 1일 배식량은 650그램이다. 저울로 두 개의 밥 양을 재었을 때, 만약 단 10그램이라도 다르다면 나를 직권남용으로 고소한다고 한다.

그동안 이런 일들이 얼마나 많았는지 실제로 저울이

비치되어 있었다. 짜증이 났던 건 그 10그램이 차이가 나는지 여부에 내 시선이 고정됐다는 것이다. 밥을 올려놓자 사정없이 흔들리는 저울의 바늘 위치에 나 또한 긴장되고 위축됐다. 진정서에 내 이름이 거론된다는 것, 그것 자체만으로도 압박감을 느끼는 게 사실이다. 어떤 이들은 그것을 잘 알고 있고, 자기 목적을 위해 내가 느낄 압박감을 이용하거나 시도한다. 반성하고 변화하는 사람들에게 받은 뿌듯함이 몇몇 악의적인 행동을 하는 사람에 의해 다시 푸석해지는 시간이다.

오늘도 누군가가 나를 필요로 하고 있다. 하루에 수십 명, 많게는 백여 명이 넘는 부름에 답을 하게 된다. 퇴근 후 잠을 청하려 조용한 방에 불을 끄고 누웠을 때, 누군가가 나를 부르는 이명에 화들짝 놀라 침대에서 일어날 때도 있다. 아무리 안대로 눈을 가리고, 귀마개로 귀를 막아도 그들이 나를 부르는 소리가 들려온다.

나를 부르는 목소리, 그 속에는 분명 나의 도움이 필요한 사람들도 존재한다. 섞이고 섞여 쉽게 보이지 않는다고 존재하지 않는 것은 아니다. 실제로 피가 끓게 반성하고 이 세상에 잘 융화되어 주변에 도움을 주며 살아가고 있는 사람들이 분명히 있다. 변화된 삶을 시작하려는 그 마음에 응답하기 위해 오늘도 전국 만 육천여 명의 교도관이 밤낮없이 고군분투하고 있다. 언젠가 사회로 다시 돌아갈 그들이 다시 죄로 얼룩져 이곳에 들어오는 일이 없도록.

나는 아직 수화기를 내려놓지 않았다.

## 말문이 막히는
## 그녀의 질문

- 교도소에서 일하는…… 교도관이요?

내 소개를 들은 상대방이 토끼 눈이 됐다. 본능적인 반응에 자신도 민망했는지 어색한 웃음을 지어 보인다. 상대방은 자기 반응이 예의에 어긋나진 않았는지 연신 내 눈치를 살핀다.

나도 처음엔 상대방의 반응에, 오히려 내가 어떻게 반응해야 할지 몰라서 '회사 생활하고 있어요'나 '공무원이에요'라는 답변으로 서로 어색해질 상황을 미연에 방지했다. 나는 그런 반응이 충분히 공감된다. 그도 그럴 것이 교도소가 아닌 사회에서 만난 상대방이 '아, 제가 교도관 많이 봐서 아는데요'라는 반응을 보인다면 그것이 오히려 서로에게 더 어색한 상황을 제공하지 않을까 싶다. 자녀를 키우면서 부모들끼리 인사하거나 소개를 할 일이 늘어났다. 상대방의 고장 난 리액션 뒤에 포도알처럼 주렁주렁 달려 나오는 질문이 있다.

- 어떻게 교도관이라는 직업을 선택하게 되셨어요?

보통 최종 합격을 앞두고 면접장에서나 받을 질문이 여기저기서 들어온다. 면접 준비할 때 말고 내가 이 직업을 선택한 이유에 대해 깊게 생각해본 적이 있었는지, 나도 때론 궁금하다. 잠시 이 질문을 스스로 던져본다. 나는 왜 교도관이 되었을까? '먹고살기 위해서'라는 대답은 너무 세속적일까. 고백하자면 '먹고살기 위해서 일합니다'라는 답변이 용기를 내지 못하고 직업적 소명이라는 잘 포장된 거대한 문장 뒤에 숨어있다. 하지만 나는 믿고 있다. 그 어떤 직업적 사명보다 의식주를 영위하는 하나하나의 행위가 얼마나 위대한지를. 그 위대한 가치를 위해 나는 오늘도 부단히 살아내야 한다.

한 수용자가 방에 앉아 TV를 보고 있다. 입에 담기도 힘들 정도로 끔찍하게 사람을 살해한 죄로 그는 이 방에 수감됐다. 여기까진 교도소에서 볼 수 있는 평범한 풍경이다. 그런데 이 남자의 얼굴이 TV 화면에 송출되고 있다. 아나운서, 연예인, 교수 등 여러 패널이 마주 앉아 그가 저지른 살인에 대해 논한다. 복도를 걷다 나도 모르게 그 남자가 나오는 TV 화면에 내 눈이 고정됐다.

- 이 악마!

TV 속엔 그가 검거됐을 당시의 장면이 나온다. 잠시 후 악마를 부르는 소리가 떠난 그 빈자리에 신을 찾는 목소리가 더해졌다. 신과 악마를 동시에 찾는 대중들 앞에 검은 모자를 코밑까지 눌러쓴 한 남자가 걸어 나왔다. 그는 번쩍이는 섬광에 눈이 부셨는지 턱을 가슴에 닿을 듯 떨어뜨렸다. 이후 고개를 든 그가 수갑을 찬 채 유족들을 쳐다봤다. 경찰이 그를 둘러싸자 이번엔 기자들이 그의 주변으로 몰려들었다. 그에게 끔찍하게 희생당한 피해자의 유족들은 기자들이 몰린 뒷자리에 밀려나 주저앉아 오열했다.

그가 검거되자 세상은 드디어 이 끔찍한 범죄인을 처단하고 정의를 실현했다는 것에 안도감을 내쉬었다. 하지만 그 이후의 이야기를 들려주는 사람은 없다. 사법절차가 끝났다고 해서 사람의 이야기가 끝난 건 아니다. 피해자의 고통은 보상받을 길이 없고 악마라고 불린 남자도 이 안에서 자신의 삶을 이어간다.

자기가 저지른 죄에 대해 보도하는 방송을 보며 이 남자는 무슨 생각을 하고 있을까. 그런 그들을 매일 마주하는 교도관이라는 직업, 나는 또 어떠한 모습으로 살아가고 있을까.

- 영화니까 연출된 것도 있겠지만…… 교도관들이 진짜 수감자 괴롭혀요?
- 교도관은 무슨 일을 해요? 한 달에 얼마나 벌어요?
- 그 유명한 살인자 직접 봤어요? 그 사람은 어떻게 살아요?

간혹 인터뷰에 응하거나 강의에 나갈 때가 있다. 내 소개가 끝나면 여지없이 여기저기서 손을 들고 질문 세례가 쏟아진다. 대외적인 자리에서 내 직업에 대한 어려움을 허심탄회하게 얘기하기가 망설여진다. 나라고 왜 교도관이 엄중하게 형을 집행하는 늠름하고 멋진 모습에 대해 강의 한 시간을 꽉 채우고 싶지 않겠는가. 특히 위험하지 않느냐고 물어보는 사람들의 대답엔 선뜻 입이 떨어지지 않는다. 대한민국 교도관 중에 단 한 명이라도 폭행이나 협박을 겪어보지 않은 사람이 과연 존재할까.

영화나 드라마에서 교도관은 허리춤에 봉을 찔러 넣고 몰려다니며 억울한 수용자들을 괴롭히고 흠씬 두들겨 패는 모습으로 그려지지만, 교도관은 만성적인 인력 부족으로 수용자 백여 명이 넘는 곳에 교도관 단 한 명이 투입된다. 일단 몰려다닐 인력이 없다.

교도관을 폭행한 사실로 기소된 건은 한해 100건에 육박한다. 교도관에게 침을 뱉거나 물건을 던지는 폭행을 행사해 징벌받은 경우는 200건을 훌쩍 넘는다. 교정본부 실태조사를 보면 교도관 4명 중 1명은 폭행과 협박에 시달려 정신질환을 호소하고 있다는 것을 알 수 있다.

- 교도관 일 많이 힘들죠?

강의가 끝나갈 때쯤, 중간 자리에 앉은 한 여성이 질문했다. 대답하려는데 여성의 표정을 보고 갑자기 말문이 턱 막혔다. 그 여성이 내게 건넨 말은 질문이 아닌 것 같았다. '많이 힘들죠? 얼마나 힘들까……'라며 건네는 위로. 그 여성의 표정은 답을 기다리는 표정이 아니었다. 강의가 끝나고 알았지만, 그 여성의 아버지는 30년을 교정 현장에서 근무하신 나의 선배님이었다. 30년을 교도관으로 계시면서 얼마나 많은 일이 있었을까. 그 여성도 우리 아이처럼 교도관인 아버지의 뒷모습을 보며 자랐겠지. 그날, 나는 한 여성이 던진 질문에 생각지도 못한 큰 선물을 받았다.

언젠가 나에게도 그런 날이 올까? 더 이상 내가 이 일을 할 수 없을 때, 내 아이가 나를 보며 '아빠. 그동안 정말 고생 많았지'라며 안아주는 날이.

*치열했던 교정 현장에서 퇴직하신 모든 선배님께 이 글을*

*올립니다.*

*가장 어두운 곳에서 가장 밝게 빛이 났던 그대에게.*

*– 가셨던 그 길을 따라가는 어느 후배 올림 –*

# 눈물 젖은 빵

세상이 하얘졌다.

누군가 얼음 빙과를 갈아 온 세상에 힘껏 뿌려놓은 듯 하늘과 땅이 하얀 옷을 입고 서로 마주 보고 있다. 퍼져 나가는 입김 너머 보이는 교도소 담벼락 위에도 하얀 눈이 소복이 자리 잡았다. 교도소 외곽 횡단보도 옆에 세워져 있는 작은 트럭에서 맛있는 냄새가 풍겨온다. 귀까지 덮어 내려오는 벙거지를 쓴 할아버지의 순대 써는 솜씨가 예사롭지 않다. 내일 아침 퇴근길에 한 봉지 사가야겠다고 생각하고 지갑을 열어 벌렸다. 푸른색 지폐 석 장과 가족사진, 순대가 든 까만 봉지를 들고 나타난 아빠를 보고

환호할 아이의 모습에 벌써 흐뭇하다. 작년에 할인 아웃렛에서 산 등산 점퍼가 올겨울 추위도 막아주리라 믿으면서, 옷깃을 바짝 세우고 교도소 정문으로 발걸음을 옮긴다.

오늘 점심 무렵 한 수용자가 안경테를 삼켜 대학병원으로 호송됐다는 얘기를 전달받았다. 가운뎃손가락만큼 긴 안경테를 어떻게 집어삼켰는지, 그는 이미 여러 번 이물질을 섭취했던 수용자라 복부에 수술 자국이 여러 겹 서로 엉켜있다. 특이 행동자들(이물질을 취식한 사람, 서로 주먹다짐을 한 사람, 교도관을 향해 욕설을 한 사람)에 대한 정보를 인계받고 각자 근무지로 흩어진다. 내 손엔 작은 컵라면 한 개와 유산균 천억 마리가 장까지 간다는 이천 원짜리 음료 하나가 들려있다. 오늘 긴 새벽, 출출한 내 배를 채워줄 일용할 양식이다.

햇빛이 들지 않는 작은 창문들 아래 라디에이터 돌아가는 소리만이 복도를 가득 채운다. 한기가 맴도는 복도를 가로질러 담당실에 들어왔다. 내 무릎만 한 크기의 작은 히터를 붙잡고 긴 새벽을 보내야 했다. 그런데 히터의 전원이 들어오질 않는다. 낭패다. 여기서 11시간을 보내야 한다. 사무실에 전화를 걸어 사정을 말했지만 남는 여분이 없어 수리가 끝날 때까지 어쩔 도리가 없다는 말이 돌아온다. 일단 몸을 움직이자. 내 몸 스스로 열을 내야 이 긴 밤을 버틸 수 있다.

- 교도관님. 출근하셨네요. 밖에 상당히 춥죠? 눈은 많이 내렸나요?

이부자리를 펴던 수용자 한 명이 철창에 얼굴을 맞대고 말을 걸어왔다. 나의 등장이 반가운지 팔자 주름을 뽐내며 웃어 보이던 그가 대뜸 1.5리터 페트병을 나에게 건넨다.

- 이거 받으세요. 여기 뜨거운 물 가득 채워놨어요. 수건으로 덮고 끌어안고 있으면 따뜻할 겁니다.

아침부터 히터가 말썽을 부려 나 말고 다른 근무자도 곤욕을 치르고 갔다고 한다. 나에게 따뜻한 온수를 건네는 그의 얼굴이 기억난다. 약 이 년 전 오늘처럼 눈 내리던 겨울날, 그의 손에 수갑을 채우던 때의 일이 떠오른다.

이 년 전 그의 모친이 사망했다. 췌장에 생겨난 암 덩어리가 원인이다. 교도소를 통해 모친의 사망 소식을 전달받은 그는 장례를 치르기 위해 하루 간의 외출을 하게 됐다. 우리는 그의 손목에 수갑을 채우고 발목에 전자장치를 채웠다. 그와 내가 일정 거리 이상 떨어지게 되면 통제실에 알림이 전송되고, 그의 위치가 추적되는 장치다. 차량에 탑승한 그가 입술을 떨며 머리를 쥐어뜯었다.

- 다 저 때문입니다. 아프신 어머니 병간호 한 번 못 해 드리고…… 너무 후회됩니다.

그는 사기죄로 구속됐다. 조그맣게 사업을 하다 어려워져 거래처의 결제 대금을 갚지 못했는데 그게 결국 소송으로 이어졌다고 한다.

- 저랑 절대 떨어지면 안 돼요. 일단은……

마음을 추스르라는 말이 하고 싶었는데, 입이 쉽게 떨어지지 않았다. 부모의 사망 앞에 평정심을 유지할 수 있는 사람이 있을까.

- 교도관님. 부탁이 있습니다. 수갑은 가족들 없는 데서 풀어주시면 안 될까요?

장례식장에 도착한 그는 대여받은 검은 양복으로 옷을 갈아입었다. 검은 줄이 두 줄 있는 상주 완장을 팔에 끼워 넣으면서도 그의 눈에서는 눈물이 멈추지 않았다. 영정 사진을 보고 무너져 내리듯 오열하는 그의 등을 보며 우리도 자연스레 고개를 숙였다.

- 엄마…… 엄마…… 우리 엄마…….

바닥을 긁으며 오열하는 그의 울부짖음에 내 마음도 한없이 침통해진다. 그를 둘러싸고 있는 우리에게 보내는 주변 시선이 난감하다. 이 공간에서 우리는 초대받지 못한 손님이었다.

그가 한쪽 벽에 기대앉아 영정 사진을 멍하니 보고 있을 때, 내 허리만큼 오는 키의 한 여자아이가 내 앞으로 다가왔다. 아이는 고개를 들어 내 얼굴을 빤히 쳐다봤다. 내게 무슨 할 말이 있는 걸까. 아이의 조그만 두 손에 동그란 크림빵이 들려있다. 다섯 살쯤 되었을까, 여자아이는 쭈뼛쭈뼛 뜸을 들였다. 한참을 뜸 들이던 아이가 속으로 결심을 마쳤는지 들고 있던 빵을 내 쪽으로 들어 보였다.

- 아저씨. 이 빵…… 우리 아빠 줘도 돼요?

빵을 줘도 되냐니, 아이는 생각지도 못한 말을 꺼냈다. 다섯 살밖에 되지 않은 이 어린아이가 우리가 누군지, 자기 아빠가 어떤 상황에 놓여있는지 아는 걸까? 아이는 오랜만에 본 아빠에게 빵을 주고 싶어서 나의 허락을 구하고 있다.

- 한 번만요. 딱 한 개만 줄게요. 딱 한 개만.

아이는 말이 끝나기 무섭게 자기 아빠에게 뛰어가 빵을 건네주고 내 눈치를 살폈다. 난 그저 빵 한 개도 허락을 받아야 하는 이 현실이 아이의 마음에 상처로 남지 않기를 바랐다. 아이는 아빠의 품에서 빵 부스러기를 입가에 묻혀가며 크림빵 하나를 나눠 먹었다.

시간이 지나고 돌아갈 때가 되었을 때, 유독 그의 손목에 채울 수갑이 무겁게 느껴졌다. 이 년 전 그날, 교도소로 다시 돌아가는 차 안에서 선뜻 먼저 입을 여는 사람은 없었다. 우린 모두 말없이 그저 눈이 내리는 창문 밖을 쳐다봤다.

난 담당실로 돌아와 그 남자가 준 페트병을 상의 점퍼

안에 넣고 지퍼를 올렸다. 온기는 시간이 지날수록 점점 식어갔지만, 그가 건넨 따뜻한 마음 덕분에 긴 새벽을 견딜 수 있지 않았나 싶다. 그의 출소가 한 달 앞으로 다가왔다. 아이는 얼마나 자랐을까. 다시는 죄의 파편이 아무 죄 없는 아이의 마음에 묻지 않도록, 마음을 다잡고 살아갈 그 남자의 의지에 한 교도관의 지지를 보낸다.

창살 밖에 뜬 달이 밝다. 어제와 똑같은 자리에 똑같은 모습을 한 달이지만, 달의 모습은 항상 아름답다. 태양처럼 화려하진 않지만 달은 길을 잃은 누군가의 길라잡이가 되어준다. 피해자에게 용서를 구하고 다시 삶을 시작하려는 당신에게, 또 한없이 아빠를 기다리고 있을 아이의 마음에, 밝은 달이 뜨길 희망한다.

포기하지 말자. 당신도 나도, 우린 누군가에게 밝게 빛나는 달이다.

# 다시, 새로운 시작

- 우동 한 그릇 먹고 들어가자.

퇴근 후 저녁을 먹고 들어가자는 선배의 요청에 교도소 정문에서 그리 멀지 않은 곳에 있는 일식집으로 향했다. 문을 열고 들어서자 진한 갈색 나무로 만들어진 테이블과 의자가 한 세트로 이곳의 전체적인 분위기를 장식하고 있었다.

테이블 네 개가 놓인 10평 남짓한 작은 가게. 우리가 자리를 잡은 지 얼마 되지 않았는데 출입문 우측 상단에 걸어놓은 작은 종이 딸랑, 소리를 내며 문이 열린다. 어깨와 바짓단에 묻은 눈을 털어내며 들어오는 사람들의 볼이

불그스레하다. 지나간 사랑에 아쉬움을 표현한 가사의 겨울 노래가 크지도 작지도 않게 공간을 메우고 곧이어 뿌연 연기가 모락모락 나는 우동 두 그릇이 테이블 위에 놓였다. 젓가락을 들기도 전에 문을 열고 들어온 손님이 자리가 없는 걸 확인하고 다시 문밖으로 걸음을 돌린다.

- 장사 정말 잘 되네요. 축하해요. 아이들은 잘 크고 있죠?

환하게 웃으며 우동을 테이블에 내려놓는 주방장의 얼굴을 보니 이 년 전 그의 모습이 떠올랐다. 이 년 전, 그는 하얀 위생복 대신 푸른색 수의를 입고 있었다. 그때 그의 표정은 지금의 미소와 달리 절망과 좌절, 후회와 두려움이 가득한 표정이었다.

- 소지하고 있는 물건 다 여기에 올려놓으세요. 지금부터 제 지시에 따라야 합니다.

그와 처음 만난 건 크리스마스를 며칠 앞둔 어느 겨울날이었다. 우산과 검정 비닐봉지를 손에 들고 고개를 푹 숙이고 있는 그는 지금 이 상황이 믿어지지 않는지 뭔가 물어볼 것이 가득한 표정으로 나를 쳐다보고 있었다. 난 경찰에게 인계받은 그의 서류를 펼쳐 인적 사항을 다시 한번 확인하고 소지품을 검사하기 시작했다. 악어 등껍질 모양의 지갑, 네댓 가치 남은 멘솔 담배, 그리고 초등학생으로 보이는 남매와 찍은 사진이 핸드폰 케이스 뒤쪽에 꽂혀 있었다.

나에겐 매일 반복되는 업무 절차지만 구속된 사람들의 어린 자녀 모습을 보는 일은 마음 한쪽을 항상 쓰라리게 만들었다. '부모의 구속 사실을 절대 함구해야 한다'라는 요구를 받은 그 어린아이들이 품고 살아가야 할 고통이 쉽게 가늠되지 않는다. 가족해체와 경제적 빈곤을 겪으면서 아이들 또한 범죄에 노출되는 경우도 적지 않았다. 부모의 부재 아래 사회적인 편견과 낙인에 고통받는 아이들을 보호할 수 있는 사회적 장치는 그리 많지 않다.

검정 비닐봉지에는 혈압약, 통풍약 등 몇 가지의 의약품이 들어있었다. '구속될 수도 있다'라는 얘기를 들은 아내가 오늘 아침 그에게 챙겨준 약들이라고 한다. 가족들과 연락은 언제 할 수 있는지, 수용 생활의 일과는 어떻게 진행되는지, 수용자 간 폭력 사건이 발생하면 어떤 불이익이 있는지에 대한 예방 교육을 하고 하염없이 바닥만 내려다보고 있는 그에게 치약과 칫솔, 그리고 초록색 숟가락, 젓가락 등 수용 생활에 필요한 물품들을 지급했다.

그는 아직도 이 상황이 믿기지 않는지 방에 들어가 철문이 닫힐 때까지 조급한 표정으로 내 얼굴을 쳐다봤다. 물어볼 것도, 할 말도 많지만 살면서 처음 경험해보는 교도소의 환경에 압도되어 말이 나오지 않는 것처럼 보였다. 생활 잘하라는 말을 하며 돌아서는 나를 빤히 쳐다보던 그가 그제야 자신과 함께 방에 들어온 사람들의 모습을 살펴보기 시작했다.

며칠 후 그의 첫 재판이 열렸을 때, 난 그가 이곳에 구속된 사정에 대해 알 수 있었다. 그는 보이스 피싱에 가담한 죄로 재판받았다. 검사는 그가 왜 이 자리에 서게 됐는지에 대한 공소사실을 진술했다. 보이스 피싱 범죄에 가담해 불법 통장과 서류를 특정인에게 전달한 행위가 공소사실의 주된 내용이었다. 이번엔 재판부가 그를 쳐다보며 물었다.

- 피고인. 공소사실 전부 인정합니까?

만약 '네. 전부 인정합니다. 선처해주십시오'라고 대답하면 첫 재판은 바로 끝날 수 있다. 어떤 수용자들은 법원에서의 '죄의 부정'은 곧 '반성하고 있지 않다'로 비칠 수 있기 때문에 다툴 부분이 있어도 '괘씸죄의 벌'에서 벗어나기 위해서라면 '무조건적인 인정'이라는 선택을 하는 경우가 많다고 했다.

같은 방 수용자들에게 '괘씸죄'에 대한 내용을 전해 듣고 온 그였지만, 그런데도 그는 억울함을 호소했다. 그와 함께 일식 요리사로 일하던 선배가 건네준 서류 봉투, 그것이 이 사건의 발단이었다.

그의 선배는 그에게 용돈벌이할 수 있는 일이 있다면서 서류 봉투를 누군가에게 전달해주면 오만 원 정도의 수고비를 벌 수 있다고 했다. 아이들 양육비에 보탬이 될까 해서 선배의 제안을 받아들인 것이다. 그는 수십 년 전부터 알고 지냈던 선배의 부탁을 거절하기도 어려웠고 택배 알바쯤으로 생각했던 것뿐이라고 진술했지만 그 서류 봉투에는 대포 통장과 보이스 피싱에 이용될 불법 서류들이 들어있었다. 결과적으로 그 피해 금액은 1억 원 정도로 추산됐다. 재판의 쟁점은 이것이었다. 과연 그 서류를 전달하는 행위가 '불법'인지 스스로 인식했는가라는 것이다. 판사는 다시 그의 얼굴을 쳐다봤다.

- 왜 그 선배라는 사람이 서류 봉투를 택배를 이용하거나 본인이 직접 보내지 않고 피고인을 통해 전달하라고 했을까요? 정상적인 상식선에서, 그런 부분을 한 번쯤 의심해보지 않았나요?

판사의 질문을 받은 그는 '그것이 의아했지만 설마 선배가 범죄나 불법 행위에 이용할 것이라고는 꿈에도 생각지 못한 일'이라고 대답했다. 그에게 있어 선배는 어려울 때 자신을 돌봐준 참 고마운 선배라고 했다.

하지만 몇 주 후, 그는 자신이 받은 오만 원, 보이스 피싱에 사용된 서류를 전달한 행위로 징역 2년을 선고받았다.

그로부터 몇 개월이 지났을 때쯤 그와 다시 대화를 나

눌 수 있었다. 그는 피해금을 보상하기 위해 자기 집을 매각했고 장인 장모님 앞으로 대출까지 받아 합의를 진행했다고 한다. 대화 중에 '아이들이 아빠를 보려 하지 않는다'라는 말을 꺼내는 그의 침통한 표정을 지금도 잊을 수 없다. 갑자기 집을 옮기고 전학가야 하는 어린아이들에게 언제까지 아빠의 구속 사실을 숨길 수 없었을 것이다. 아빠가 나쁜 짓을 저질러 교도소에 들어가 있다고 생각한 그의 자녀들이 마음의 문을 닫아버린 것이다. 어떻게 하면 다시 이 모든 걸 원점으로 돌릴 수 있을지, 그의 입술과 눈동자가 푸석하게 말라가고 있었다.

다행인 것은 그와 그의 아내는 서로 믿고 의지했고, 이 모든 것을 해결하고 다시 가정을 일으킬 것이라는 굳건한 의지가 있었다. 그는 상담도 꾸준히 받고 종교행사에도 빠지지 않고 참석했다. 수용 생활도 잘 해냈으며, 자신이 도울 일이 있으면 제일 먼저 발 벗고 나섰다. 그가 생활하는 모습을 본 동료 교도관들도 그에게 '할 수 있다'라고 한마디씩 힘을 보탰다. 가석방 대상자에는 포함되지 못했지만, 그는 교도소 안에서의 교육과 생활을 잘 이행하며 결국 만기 석방을 하게 됐다.

그렇게 그가 출소한 날, 난 그의 모습을 보지 못했지만 얼마 후 그가 근처에 식당을 개업했다는 소식을 들었다. 소식을 들은 선배는 자기는 이미 한 그릇 먹고 왔다며, 그의 음식 솜씨를 자랑했다.

- 교도관님, 맛은 좀 어떠세요?

면발이 내 목으로 넘어가는 것을 확인한 그가 긴장된 표정으로 나를 바라봤다. 프랜차이즈를 내도 되겠다며, 자기 음식을 극찬하는 나를 보며 그가 손사래를 친다.

- 근데, 어떻게 교도소 근처에 가게를 낼 생각을 다 했어요? 교도소 쪽은 바라보기도 싫었을 텐데……

보통 출소를 앞둔 사람들과 대화를 나눠보면, 교도소 쪽을 바라보고 소변도 보지 않겠다고 하는 사람들이 있다.

- 제가 안에 있을 때 교도관님들한테 신세도 많이 졌고…… 초심 잃지 않으려고 큰 결심한 거죠. 따뜻한 우동 한 그릇씩 생각나면 들러주세요. 제가 면은 조금 더

넣어드릴 수 있습니다.

그가 호통하게 웃었다. 단무지 정도는 마음껏 리필해드시라는 그의 말에 우리도 같이 웃음이 터져 나왔다. 그렇게 웃고 먹는 사이 우동 그릇의 바닥이 드러났다.

- 정말 대단하세요. 출소하고 다시 자리 잡기 쉽지 않았을 텐데.

난 진심으로 그의 의지에 경의를 표했다. 교도소에서 더 분노를 키워 자포자기 상태로 살다가 재범을 저지르는 상황도 적지 않다. 하지만 그는 교도소에서의 모습도, 사회에서의 모습도 일관적이었다. 다시 시작할 수 있다는 의지, 그는 그것을 현실로 증명해 보였다.

그와 인사를 나누고 자리에서 일어나려는데 마침 그의 아내와 자녀들이 가게로 들어왔다. 이 년 전 '아이들이 아빠를 보려 하지 않는다'라며 눈물을 흘리던 그의 품으로 자녀들이 달려와 와락 안겼다. 아이를 품에 안은 그와 그의 아내는 우리를 보며 허리를 굽혀 인사했다. 선배와 나도 그와 그의 가족들을 보며 깊게 허리를 굽혔다.

그는 결국 자신의 가정을 지켜냈다. 그가 새로운 시작

을 할 수 있었던 것은 교정 시설의 교화 프로그램도, 법의 엄격한 위하력도 아닌, 그를 믿고 기다려준 가족이 있어서 가능하지 않았을까.

국가인권위원회의 실태조사에 따르면 수용자 자녀는 연간 5만 4천여 명에 육박한다. 아무 죄 없는 아이들이 더 이상 고통받지 않도록 이 사회는 무엇을 전해줄 수 있을지 같이 고민해봐야 하지 않을까. 그리고 부모의 빈자리를 기다리고 있을 그 아이들을 위해서라도 다시 악에 손을 대고 교도소에 발을 들이는 일은 없어야 한다.

교도관으로 일하면서 많은 갈등을 느꼈다. 마음속의 혼란과 인간에 대한 회의감에 길을 잃은 적도 많다. 난 이곳에서 한 개인의 죄로 인해 얼마나 많은 사람이 고통을 받는지 목격했다. 자기 자신, 가족, 어린 자녀들까지. 법의 판결이 끝나고 교도소에서 일정 시간 자유를 제한당하는 것이 모든 걸 해결해주진 않았다. 그 이후의 이야기는 이곳, 교도소에서부터 시작되고 있다. 다시 시작하려는 사람들, 피해자에게 진심으로 사죄하고 자기 가정으로 돌아가려는 사람들의 삶과 그들 자녀의 마음에 드리웠던 어둠이 걷히길……

*그대, 다시 시작할 수 있다.*

# 끝난 건 아무것도 없다

모든 이야기에는 시작과 끝이 있다.

인간은 탄생과 동시에 이 땅에 첫발을 내딛고 자신만의 인생을 살아간다. 미워하고, 사랑하고, 웃고, 슬퍼하고. 그러다 인간은 결국 자신이 처음 발을 디뎠던 흙으로 다시 돌아간다. 모든 식물도 마찬가지다. 찬란하게 몸짓을 활짝 피워 보이던 꽃도 시들어 가루가 되어서 뿌려진다. 십 년 이상 내 발이 되어주던 오래된 자동차도, 처음 취업에 성공해 부모님께 선물로 받았던 오만 원권 두 장이 들어있던 지갑도 결국 언젠가 그 용도를 다하고 폐기되고 만다. 학창 시절 마음을 설레게 했던 풋사랑을 겪으며 모든 사랑이 하트 모양처럼 아름답지 않다는 것을 깨닫고 조건 없이 내어주던 사랑 또한 결별을 맞이하게 된다.

하지만 그것이 어느 순간 잘못된 방향으로 나아갈 때, 애초에 시작하지 않는 편이 나을 수 있겠다는 판단이 들 때, 그때 이곳의 이야기는 시작된다. 사랑이 분노로 변하고 설렘이 좌절로 끝나는 궤도 속에서 어떤 이들은 본능 깊숙이 감춰놨던 뾰족한 이를 드러낸다. 교도소에 들어오는 사람들과 출소하는 사람들, 그리고 출소 후 다시 이곳에 들어오는 사람들. 마치 동그란 바퀴의 시작점이 어디고 끝나는 구간이 어딘지 분간할 수 없는 것처럼 이곳의 이야기도 언제부터가 시작이고, 어디서부터가 끝인지 구분할 수 없다.

*출소하면 다시 들어오면 안 돼요. 할 수 있어요.*

다시 교도소의 문턱을 넘어선 사람들에게 출소 전 건넸던 말들이 스쳐 지나간다. 두 손을 맞잡으며 사회의 건강한 구성원으로 살아 나갈 것을 다짐한 사람들의 모습을 다시 이곳에서 볼 때마다, 가슴팍 가운데서 비린 무언가가 올라오는 듯한 쓴맛이 느껴진다. 지갑이나 핸드백을 훔치던 앳된 얼굴의 소년수가 성인이 되어 사람을 살해한 죄로 들어오고, 가족을 위해 살아가겠다던 사람들이 '희대의 살인마', '사이코패스'라는 꼬리표를 달고 다시 교도소를 향해 몸을 틀어 걸어온다.

*교도관으로 일하면서 제일 힘든 점이요? 그저…… 반복되는 이 일상이요.*

언젠가 반복되는 일상을 마치고 집으로 돌아가는 길에 문득 '사람이 싫다'라는 말이 나도 모르게 입 밖으로 튀어나왔다. 감성의 배터리가 다 타버려 뿜어져 나오는 검은 연기가 내 감정에 스며들고, 염증 나 딱지가 붙었다 떨어지기를 반복한다. 환멸이란 단어는 사전에 무언가 기대했다는 점이 선행되어야 한다지만, 사실 난 내가 무엇을 기대했는지도 이제 잘 기억나지 않는다. 난 왜 이곳에 두 발을 딛고 서 있는 걸까?

주경야독하며 힘들게 받아 든 심리학 석사학위를 바라보며 '다신 일하면서 공부까진 못할 것 같다'고 다짐했던 내가 또다시 박사과정이란 힘든 여정에 기웃거리는 이유도 아직 이 질문에 대한 답을 찾지 못해서가 아닐까. 어쩌면 정말 답이 없을지도 모르겠다. 그저 이 안에서 답을 찾지 못해 다른 곳으로 시선을 돌린 게 아닌가라는 생각까지 고개를 내민다. 회피일까. 난 교도소라는 공간에서 어떤 가치를 찾아 헤매며 이리 부단히도 몸부림치는 걸까.

*평생 세상 밖으로 못 나오게 해주세요. 저 사람이 보복하러 올 게 분명해요. 전 또 이름을 바꾸고 아무도 모르는 곳으로 이사 가서 숨죽이며 숨어 살아야 하는 건가요?*

법원 재판에 동행할 때마다 피해자들과 유족들의 절규 소리에 마음이 무너져 내린다. 사람을 살해한 자들이 무조건 무기징역이나 사형을 선고받지는 않는다. 다시 사회로 돌아가 세상에 섞여 살아갈 그 사람들. 들어온 세상과 나가는 세상의 중간에 교도소의 터널을 지나간다.

세상은 범인의 검거를 끝으로 정의가 실현됐음을 선포했다. 끔찍한 살인을 저지른 자들이 어떻게 해서 잡혔는지, 그 과정에서 어떤 수사적 기법들이 활용됐는지, 그들의 최후는 결국 교도소행이라는 이야기로 끝난다. 나는 그 이후의 이야기를 하고 싶었다. 처음 교도관이 되어 교도소에 발을 디뎠을 때 놀라움을 감출 수 없었다. 분명 세상에서 지워진 줄 알았던 사람들이 이곳에 버젓이 살아가고 있었다.

하지만 더 생각이 많아졌던 부분은, 그들이 다시 우리가 사는 세상으로 돌아온다는 것이었다. 어떤 사람들은 사람들의 기억에서 잊힐 때쯤 다시 사회로 돌아갔고, 그중 몇몇은 살인이란 죄로 다시 이곳으로 돌아왔다. 잡아들이는 일만큼 다시 내보내는 일이 얼마나 중요한지, 교도관의 일이라는 것이 이 사회에서 가족들과 함께 행복하게 살아가고 있을 사람들의 일상에 얼마나 필요한 일인지, 그때 처음 느꼈다. 사실 내가 그들과 대화하고 상담을 공부하는 것도 그 이유가 크다. 인내하고, 좀 더 귀를 기울이고, 그들을 치료하는 이유도 모두 그 때문이다.

교도관으로 일하면서 세상을 떠들썩하게 만들었던 끔찍한 살인자를 많이 만났다. 그들의 구속 이후 언론과 방송 그리고 포털 사이트에서는 연일 그 사건에 대해 이야기했다. 그리고 몇 달간 진행되는 재판과 이어지는 최종심. 법의 판결을 끝으로 이 사건은 종결됐다. 이제 북적이던 그 자리는 텅 비었다.

하지만 그 이후 가해자의 죄도, 피해자의 고통도 전혀 사라진 건 없었다. 그저 행정적인 절차만 끝났을 뿐. 반짝이던 언론의 카메라 세례와 무거운 분위기의 법원 판결이 떠난 그 자리에, 피해자와 가해자가 덩그러니 남아있다. 결국 달라진 건 아무것도 없었다. 구속되면 끝일까? 판결이 선고되면 끝이 날까? 이 끔찍한 죄의 직접적인 당사자들은 하나같이 입을 모아 얘기한다.

*끝난 건 아무것도 없다.*

# 에필로그

담벼락을 따라 소복이 쌓여있던 하얀 눈이 녹고 어느덧 다시 봄이 찾아왔습니다.

봄이 오면 괜스레 제 마음도 설렙니다. 새 학기가 시작되고 새해도 시작되는 봄이라는 계절을 맞이하면서, 올 한 해도 부디 무탈하게 지낼 수 있게 해 달라는 염원을 마음속에 지닙니다. 조상에게 제사를 올리고, 신에게 기도를 올리는 사람들을 보며 저도 작은 소망을 하늘에 띄웁니다.

새롭게 시작된 한 해. 다시 돌아올 사계절 동안 교도소에서 일하는 저에겐 무슨 일들이 일어날지 걱정 반, 기대 반으로 새해를 맞이합니다. 달도 차면 기울고 차가운 겨울이 지나면 따뜻한 봄이 오듯 세상 모든 것에 영원이란 존재하지 않나 봅니다. 시작이 있으면 끝이 있고, 만남이 있으면 이별도 존재하죠. 이곳 교도소에도 입구와 출구가 하나인 큰 철문이 있습니다. 들어오는 사람이 있으면 반대로 다시 사회로 나가는 사람이 있습니다. 맑고 따사로운 봄 햇볕을 받은 교도소의 외벽을 지나 다시 사회로 돌아가는 사람들의 뒷모습을 바라봅니다.

*여기서 느꼈던 감정과 교화 교육들 꼭 잊지 말고 잘 살길 바라요. 절대로 다시 들어오면 안 돼요. 할 수 있습니다.*

오늘도 교도소의 문턱을 넘어 우리 사회로 돌아가는 사람들이 있습니다. 제가 하는 일은 그들을 내보내는 일입니다. 물론 법원의 권한에 따라 일정 기간이 지나고 석방 지휘서가 교도소에 도착하면 출소하게 되는 행정상의 절차에 따른 것이지만, 만약 그들이 교도소에 있는 동안 세상에 대한 분노만 더 키운 채 이 사회에 섞여 살아간다면 또 누군가 끔찍한 피해를 당할지도 모릅니다. 어쩌면 한 가정이 파괴되거나 돌이킬 수 없을 만큼 중한 폭력을 마주할 수도 있겠죠.

그들에게 교도소의 시간은 어떤 의미로 다가올까요. 어떤 이는 교도관은 수용자들이 도망가지 않도록 잘 지키기만 하면 된다고 얘기합니다. 물론 그것도 중요한 일입니다. 하지만 단순히 교도소라는 공간이 시간만 채우다 다시 사회로 돌아가는 곳이라면, 오히려 출소자라는 꼬리표만 달고 우리의 이웃으로 돌아온다면, 수개월에서 길게는 수십 년을 살아야 하는 교도소라는 공간에서 그들은 어떤 감정을 품고 사회로 돌아가야 할까요.

다시 우리들이 이웃으로 살아갈 그 사람들을 배웅하며 이런저런 생각이 많아집니다. 변화를 끌어내는 일, 그것이 이곳에서 일하는 저에게 부여된 소명입니다. 저는 이곳에서 목격하고 경험했습니다. 잡아들이는 일만큼이나 다시 내보내는 일이 얼마나 중요한지를.

하지만 사람이 변하는 것은 그리 쉬운 일이 아니었습니다. 이곳으로 다시 돌아온다는 것은, 우리 중 또 어떤 누군가가 처참한 피해를 보았다는 것을 뜻하겠죠. 다시 돌아온 그에게 교도소는 단순히 시간만을 채우는 곳으로 여겨졌나 봅니다. 어떻게 해도 절대 변화되지 않는 사람들을 마주할 때마다 '그들에게 필요한 것은 더 강력한 처벌이 아닐까'라는 생각도 가져봅니다.

누군가는 목을 매다는 교수형과 볼기를 치는 태형笞刑의 시행을 언급합니다. 물론 세상의 합의와 국민의 명령으로 위 형벌들이 실제로 시행된다면 국가 공무원의 임무를 부여받은 저는 그 명령을 받들고 기꺼이 제 사명을 다할 것입니다. 하지만 현재 대한민국 사회는 인권과 교화의 실현을 목표로 나아가고 있습니다. 물론 그에 따른 명을 받은 저는 그 임무 또한 성실히 수행할 것입니다.

다만 이 글을 통해 제가 목소리를 내고자 하는 것은 처벌인가, 교화인가의 문제가 아닙니다. 강력한 처벌이든 교육과 치료를 통한 교화든, 결국 교정 시설에서 근무하는 교도관이 그 임무를 수행합니다. 지금 대한민국 교도관의 신체와 마음이 위태롭습니다.

폭행 피해를 당한 교도관이 그 트라우마에서 벗어나지 못한 채 근무에 투입되고 한없이 부족한 인력난에 교도관

한 명이 마주해야 할 수용자는 백 명 이상입니다. 그렇게 25시간을 꼬박 새우고, 지친 발걸음으로 가정으로 돌아갑니다. 그렇게 반복되는 업무 환경을 직면한 교도관에게 '사랑으로 그들을 품어 사회로 돌려보내라'는 소명이 부여됩니다. 과연 그 기능이 제대로 이루어질 수 있을까요?

저는 여러분과 함께 교도소의 사계절을 지나 이제 이 글의 마침표를 찍으려고 합니다. 다소 불편하고 부정적인 표현이 있었을 텐데, 넓은 마음으로 끝까지 저와 동행 해주셔서 고개 숙여 감사드립니다. 절실한 마음에 그런 표현들이 들어갈 수밖에 없었음을 이해해주셔서 감사합니다.

오늘 오후, 저는 다시 교도소로 발길을 옮깁니다. 이제 15시간 후면 퇴근 지문을 찍고 다시 집으로 돌아와 아내와 아이와 함께 따뜻한 된장찌개를 먹을 수 있습니다. 또 한 권의 책을 집필하고 바쁜 와중에도 응원해주는 아내에게 감사하다는 말도 전하고 싶습니다. 부족한 남편이지만 항상 이해해주고 배려해주어서 고맙다는 말도 함께요. 마지막으로 교도소에서 근무하는 아들이 위험한 일에 처하지 않을지, 매일 기도하시는 부모님과 형, 동생에게도 사랑한다는 말을 전합니다.

가장 어두운 곳에서 가장 밝게 빛나는 전국 만 육천여 명의 교도관들의 가정에 평화가 가득하길, 그리고 제 청원의 글을 읽어주신 여러분의 가정에도 평화가 가득하길 바라면서, 이만 펜을 놓겠습니다. 긴 글 읽어주셔서 감사합니다.